私は夕暮れ時に死ぬと決めている

Akiko Shimoju

下重暁子

河出書房新社

私は夕暮れ時に死ぬと決めている † 目次

第一章　遺書の効用　自分の死を想像すれば、大切なものが見えてくる

第二章　年齢を超えるヒント　行動すれば運命は変わる

第三章　自分流の個性を楽しむ　まずは五感を磨くことから

第四章　心地よい暮らし　ほんとうに自分の好きなものだけで暮らす

第五章　孤独と友人　いい人と歩けば祭り、悪い人と歩けば修業

私は夕暮れ時に死ぬと決めている

第一章

遺書の効用

自分の死を想像すれば、大切なものが見えてくる

私の遺言

——私の葬儀は、薄暮から闇に向かう時間帯に開いてください

　今日は、私の誕生日です。還暦を過ぎてから、この日に遺言を新しくすることにしました。五月二十九日の暁に生まれた私は、同じ日の薄暮《はくぼ》に死にたいと願っています。一途に念じれば、うまくゆくかもしれません。薄暮は、私の一番好きな時刻。残光が弱まり茜や紫に身をくねらせた夕焼けも静まって、街に一つ二つと灯がつきはじめる。夕暮れが闇に変わる瞬間を見張っていても、気がつくとすでに闇。生と死の境もそんなものかもしれません。最後まで好きな仕事をして、気がつくと闇という具合に死を迎えられればと思います。従って無理に延命の必要はありません。

　まわり道ではあっても、私の一生は、少しずつ自分の思いに近づいてきました。自

分で頑固に選んできたことと、まわりからいつも支えられていたことの幸せを感じます。中でも父母に次いで長い時間、身近にいた夫のHに、感謝の意を込めて、言い残したいことを記します。

一、遺産は私の死後にかかる費用を除いてゼロというのが理想ですが、そううまくはいかないでしょう。もしもの場合、全財産は、夫Hに相続させます。その上で、若い人材を育てるためや、環境を守るためなど、よく考えて有効に使ってください。

二、葬儀は、親しい人だけの密葬。ただし来てくださる方は拒まないで。親類でもある住職と相談して光源寺の墓に入れてください。棺を覆う音楽は、シューベルトの弦楽四重奏曲『死と乙女』の第二楽章。お線香は、香アレルギーですからなし。花は山吹。五月なら南青山の「花長」に頼んで白山吹を入れてください。

三、落ち着いたところで、「私、下重暁子からのお礼の会」を開いてください。お金などはいただかないように。場所は、国際文化会館の庭に続く部屋か、東京会館の窓から空がよく見える場所。時刻は薄暮から闇に向かう頃。平服で、華やかに楽しくおいしいものを食べていただきます。私も普通の写真で参加。音楽はさり気なく、最初に『死と乙女』を。出来ればメゾソプラノの日野妙果《ひのたえか》さんに歌ってもらうか。
ただしウィーンから来るのが無理なら諦める。
四、遺骨は、光源寺の他、文藝家協会の文學者之墓にも分骨。
五、一周忌には、春なら山吹。集まった親しい人々に、一句、一首、あるいは一言書いていただく。私の本の中から一冊選んでみなさんに送る。軽井沢の山荘に私の藍の筒描《つつが》きコレクションや蔵書を置いて、友人、知人、学生に利用してもらう。

私たちの暮らしは、それぞれが独立して干渉せず、病気の時以外は、二つの生活がそのまま続くのが理想でした。まがりなりにもそれができたのは、Hのおかげです。富や権力、男の沽券、といった観念がなくお互いが自由に生きるための稀有なるつれあいだったと思います。

子供がいないだけに、常に一人の男と女として向き合う辛さは多少ありましたが、以後はどうぞ一人暮らしを存分に楽しんでください。もちろん二人暮らしも結構。食べすぎや飲みすぎに気をつけて長生きしてください。　二〇二〇年五月二十九日

私の生前整理

――死に方は生き方である

私に残された時間があとどの位あるのか、わかればいいのにと思うことがある。そこから逆算して今何をしておけばいいかが割り出せる。私は逆算が得意なのだ。大学を出て放送局にアナウンサーとして入り、スタジオで、五分前、一分前、三十秒前、十秒前、合図に合わせて番組を終える。それが快感ですらあった。物書きになってからも、三枚のエッセイ、四枚のエッセイ、十枚の短編、ぴたりと終える悲しい癖が直らない。

生前整理の締切り

締切りさえわかれば、見事に生前に整理してみせるのだが、それが決まらないとなると、どこからはじめていいのか見当がつかない。仕方がないから締切りは自分で決めることにした。

自分はいつ、どうやって死にたいかを考えておくのだ。

私の母は常日頃から自分の母（私の祖母）と同じ日に死にたいと言っていた。上越の雪深い里で夫亡きあと九十三歳まで一人で生き、夕食後に当時必要とされた縄をない、その分の金を貯金して、保護者を亡くした子供の教育資金として寄附を続けた母の生き方を尊敬し、自分もそう生きたいと願っていたのだろう。

死に方は生き方

母が八十一歳の春、脳梗塞で入院、心臓疾患や糖尿もあったので、あっという間に身罷《みまか》った。実家に葬儀用の写真をとりに行き、玄関を開けたとたん地震が来て、壁にかかっていた額の絵が一枚落ちてきた。絵描き志望で果せなかった父が描いた母の肖像画、着物姿の上半身で、「この絵を使ってね」と母が言っているのがわかった。一緒に行った叔母が、

「暁子さん、同じ日よ、おばあちゃんと同じ……日」

と、すっとんきょうな声を上げた。三月十八日、まさに自分の母と同じ日に死んだのだ。偶然ではない、ずっと心に念じ、そう生きたから同じ日に死ねたのだ。

西行の「花の下《もと》にて春死なむ」を持ち出すまでもなく、死に方は生き方。私は夕暮れ時に死ぬことに決めている。暁とともに生まれ、日没そして茜色から茄子紺、闇に変わる瞬間にするりとあの世に身をすべりこませる。日頃からその瞬間を見つけようと見張っているが、目を離したり他に気をとられた隙に闇に変わっている。一度としてその境目をとらえられない。眠りと目覚めも同じ、気がついたら眠っている。生と死も同じかもしれない。

いつ死がやってきても不思議はない。十年ごとの区切りを五年ごとにして、それまで書く仕事に専念、あとは好きな歌と踊りなど道草を楽しむ。父母も兄もすでに亡く、

つれあいだけが家族だから、私の蒐集品など残ったものは好きな友人知人に、寄附するところも決まっている。

仕事机から立ち上がり、揺り椅子《いす》で『死と乙女』（シューベルト弦楽四重奏曲）を聴きながら、夕暮れが闇に変わる瞬間にこちら側からあちら側にさりげなくすべりこみたい。

夕暮れ

——人間の生と死の境は、夕暮れ時のようなもの

夕ぐれの時はよい時　　　　堀口大學

夕ぐれの時はよい時。
かぎりなくやさしいひと時。

それは季節にかゝはらぬ、
冬なれば煖爐のかたはら、
夏なれば大樹の木かげ、

それはいつも神秘に満ち、
それはいつも人の心を誘ふ、
それは人の心が、
ときに、しばしば、
静寂を愛することを、
知つてゐるもののやうに、
小聲にささやき、小聲にかたる……

夕ぐれの時はよい時、
かぎりなくやさしいひと時。

詩はまだ続く。夕暮れが若者にとって愛情に満ちた優しさと希望にあふれたひとときであり、青春の夢を遠く失った人には、優しい思い出のひとときであり、過ぎ去った夢の酩酊であると。

呟くだけで心がなごむ暗示

私も夕暮れが好きだ。暁に生まれたはずなのに暁に目覚めることは少なく、夕暮れ時、一人で揺り椅子に腰かけ、猫を抱いて、昏れなずむ空を見つめる。薄暮の中に街の灯がつきはじめ、闇に変わる一瞬を見さだめようと……。しかしいつも失敗に終わる。よそ見をしたすきに、すでに闇になっている。

人間の生と死の境もそんなものではないか。

だからこの詩が大好きだ。「夕ぐれの時はよい時、かぎりなくやさしいひと時」と呟いているだけで心がなごんでくる。私にとっては心にかける暗示であり呪文である。ささくれ立った気持ちが融けてくる。

「夕ぐれのこの憂鬱は何所《どこ》から來るのだろうか？　だれもそれを知らぬ」

と詩人は言う。この憂鬱は決して耐えがたい憂鬱ではない。どこか甘く身をゆだねてしまいたい気分のことだ。

夕ぐれ時、
自然は人に安息をすゝめるやうだ。
風は落ち、
ものの響は絶え、
人は花の呼吸をきき得るやうな気がする、
今まで風にゆられてゐた草の葉も
たちまちに静まりかへり、
小鳥は翼の間に頭《かふべ》をうづめる……

夕ぐれの時はよい時。
かぎりなくやさしいひと時。

夕暮れ時、人は自らの心に語りかける。ふだんは外界に向かって開いていたのが、心の奥深く降りていき、自らの忘れていた声を聞く。痛みをともなう過去も、なつかしさをともなって香る。それは、心が素直に優しくなっているからだ。夕暮れは人の心を感じやすくする。

内なる感動に耳を傾ける

年を重ねるにつれ、雑事にまぎれ感動を忘れてきた。ものに感じる心、素直に「きれい」「気持ちがいい」と口にすることが出来る人は幸せだ。「まあ！」「へえ！」「あら！」といった感嘆詞を口にすることも少なくなった。それだけ心が錆びついてきた証拠である。固くなった心を優しくもみほぐし、少女の頃の柔軟性をとりもどそう。

中学、高校時代のすんなりと美しいものは美しいと受けとることが出来た心。おかしい時は、ちょっとしたことでも、いつまでもころころと笑っていた。あの心はどこへいってしまったのだろう。

感受性を失わない人は、いつまでも若々しい。感動とは、心を開くこと。心がふるえ、それが声となって感嘆詞になり、外へ向かって開いていく。感動を絵でも歌でも文章でも何かに表現出来ればもっといい。

感動するたびに細胞は一つ一つみずみずしくなると、私は信じている。内なる感動に耳を傾け、心を外へ開くことが若々しくあるための必須条件だ。心を閉じ、他人や世間体ばかり気にしていると、感動は老けこんでゆく。

夕暮れは秋にかぎると、枕草子の冒頭で清少納言も言っている。
「秋は夕暮。夕日のさして山のはいとちかうなりたるに、からすのねどころへ行くとて、みつよつ、ふたつみつなどとびいそぐさへあはれなり。まいて雁などのつらねたるが、いとちひさくみゆるはいとをかし。日入りはてて、風の音むしのねなど、はたいふべきにあらず」

夕暮れ時、すんだ空気の中で山の端が近く見え、からすがねぐらへ急ぐ。雁が小さく群をなしていく姿。風の音、虫の音をあわれと感動する清少納言がそこにいる。時は秋。秋は夕暮れ、かぎりなく優しいひとときを大切に過ごしたい。

私の老い支度

——死へのイメージトレーニング

「犀《さい》の角のごとく、一人歩め」

と釈迦は弟子たちに言ったという。死を前にして、親しい弟子たちにさとした。「亡くなられたあと、私たちはどうすればいいのでしょう」という問いに、「それぞれが自ら考え、犀の角のごとく、一人で行動しなさい」。

私は、この言葉が好きである。

私たちは一人でこの世に来て、一人で去っていく。老いるとは、徐々に一人にもどることであり、私の老い支度とは、私が一人にもどるための支度だと解釈している。

母の胎内で、暗く長い道を、目の見えないまま一人歩んで、産声を上げた。首にへその緒を巻きつけた逆子だったそうで、危なかったという話である。そして沢山の人々とすれ違い、あるいは深く愛し、傷つき、来るものは拒まず、去るものは追わずの心境に至って、やがて一人の時を迎えようとしている。

それを意識したのはいつだったか。三・一一の年、ある組織の長を六年間勤めたあとにやめて、物書きの仕事にもどった七十五歳の時だったと思う。社会に出た最初から物書きの道を希望しながら、女性を採用してくれる場所がなく、放送局にアナウンサーという形で入って以来、壮大な道草を食った結果、辿りついたのだった。

経済的自立を達成して

戦後、父母や大人たちの変節を目にして、「自分一人は自分で最後まで食べさせる」をモットーに、あと少しのところまで来た。自由な暮らしを獲得するためには、経済的自立と精神的自立は不可欠である。

つれあいというパートナーがいても我が家は独立採算制で、出来るだけ水くさく、べったりしたもたれあいはなくしてきた。

と言っても、つれあいの病気など予期せぬ出来事もあり、その都度心は揺れ動き、均衡が保たれていたはずの暮らし方に多少の変化はあった。シーソーの片側が重くなれば、もう片方は上がってしまう。

知らぬ間につれあいがいるのが当たり前になっていた。すでに、父も母も兄も他界し、昨年の夏に、叔母が死んでいわゆる私の家族といえるのは、つれあいだけである。もしその人がいなくなったら……友人の一人は、夫が亡くなった今も二つの茶碗を並べて、煎茶をいれている自分に愕然とするという。

私にも不安はある。「二人暮らしでこそ自立が試される」などと気のきいたことを言いながら、果して一人になって毅然としていられるかどうか。

一人暮らしの練習をはじめる

私は実生活には向かない女である。仕事をすることはなんでもないが、毎日の暮らしになると、その大部分をつれあいに任せていることが多い。料理が趣味なので、献立てから買い物、料理まで一切をやって私は「食べる人」でしかない。

こんなことで果してやっていけるだろうか。私は覚悟を決めて一人暮らしの練習をすることにした。

まず部屋を別々にして、それぞれの時間を大切にする。マンションなので余分な空間は少ない。それまで私の仕事部屋だったのを、つれあいの部屋にし、今までの寝室は衣裳の多い私が使う。廊下に面して二つの部屋は並んでいるので、ドアは開けておく。夜間、何事か起きてもすぐわかるように。

私の仕事部屋は、居間の隣の日本間だった部分を板張りにし、壁一面に巨大な本棚をとりつけた。プライベートな空間と切り離すために、欅《けやき》の部厚い引戸で仕切る。

玄関、廊下、浴室などはバリアフリーに。私が三年続けて、右足首、左足首、左手首と骨折した時も助かった。段差がなく、車椅子でエレベーターを使って裏から一人で外に出ることも出来る。おかげで、けがの間もふだんと同様に仕事をすることが出来た。新幹線や飛行機で地方にも講演に行った。交通機関は親切に手を貸してくれることもわかった。キッチンも、つれあいが使いやすいように、収納や電気製品の出し入れもすぐ出来るよう改築した。

夏の間、冷房が嫌いな私は、軽井沢に行く。旧軽井沢の愛宕山の麓、軽井沢銀座から歩いて十分のところだが喧噪のかけらもない。落葉松《からまつ》の梢を行きすぎる風の音と雨の匂いなど自然の一員になれるが、熊、猪、かもしか、狐、狸、てんなど動物と共生しているので、夜は出歩かない。

静かすぎて闇の息遣いが聞こえるようで、一人で行くことはなかったが、意を決して私だけで滞在しても平気になった。

馴れてみると実に具合がいい。東京では、夜、つれあいが自室に引きあげたあと、音楽を聴いたり、本を読んだり満ち足りている。軽井沢では、昼間散歩したり、友人の店をのぞいたり。落葉松の芽吹きや針のような落葉、さらに冬も楽しみたくなって、完全暖房の小さな冬の家もつくった。

敗戦の年までの二年間、私は疎開先の旅館の離れで、結核で寝ていた。小学校二〜三年、同年輩の子供の友だちなどなく父親の小説本や画集をめくって熱計（一日の熱のグラフ）をつけるだけの孤独な日々。ちっとも退屈することなく、私だけの妄想に耽っていた。

一人遊びには馴れているので、他の人よりは一人にもどる困難さは少ない。

公式の遺言状をつくる

一番苦手な経済的な面だけは、人手を借りてきちんとしておきたい。私とつれあいどちらかが残れば、なんとかなるとして、二人とも同時に旅先でということもあるので、公式の遺言状をつくることにした。公正証書には、残ったものは処分して全額指定の場所に寄附するようにして、誰にも残さない。処分をお願いする信頼する知人以外には……。

目の前でみにくい争いを何度も見てきた。仲のいい兄妹のはずが、親の死後相続をめぐって裁判沙汰になる……。そして絶縁する。親しければ親しいほど、家族間での憎悪はつのるのだ。

心ない親族にみとられるよりは、野垂れ死にの方がましだ。死後他人に迷惑をかけないお金だけは用意して、下重の墓のある遠縁の文京区の光源寺に埋葬を頼んである。つれあいの家の墓は多磨霊園にあるので分骨してもいい。ほんとうは大好きな軽井沢の庭に二匹の猫とともに眠りたいが、法律上そうもいかないらしい。

彼岸には花を手向けに寺へ行くが、荒れはてて雑草に埋まった墓や、崩れかけ撤去される墓など、日本の家族制度は大きく様変わりした。家族という単位ではなく、個としての単位になり、生前同様死んでからの居場所にしても、散骨など選択の幅がひろがった。

家族という幻想に気付く

拙著『家族という病』にも書いたように、父・母・子供という役割分担で出来上がったマニュアル家族が多くなり、「家族という幻想」に気付いた人々は、個としてお互いを理解しようと模索しはじめている。

死に方は生き方である。生き方はそのまま死に方につながる。

自分の死のイメージを考えておくことは無駄ではない。死に方のイメージトレーニングだ。

「願わくは　花の下にて春死なむ　その如月《きさらぎ》の望月のころ」

宮中の北面の武士の地位を捨て、全国を歩いて歌の道に命を懸けた西行の死のイメージは、旧暦の二月（今の三月）の満月の日に満開の桜の下で息を引きとることで、その通りだったと言われている。正確には、満月には一日違ったという説もあるが。彼は願ったように花鳥風月の歌の道に生きた。だからこそ、その通りに死んだのだ。偶然ではない。日々そう願い、生きていたから、うまくいったのだ。願わなければそうはいかない。

私はどう死にたいか。夕焼けが黒い闇に収束される瞬間にするりとあの世へ身をすべらせることだけは決めてある。

この世に来た時と同様一人にもどってうまく闇に融けこめるかどうか、イメージトレーニングを続けている。

思い出

——「今度は死ぬような気がする」と言ったあと、亡くなった母

落葉　　ポール・ヴェルレェヌ　上田敏訳

秋の日の　ギオロンの
ためいきの　身にしみて
ひたぶるに　うら悲し。

鐘のおとに　胸ふたぎ
色かへて　涙ぐむ

過ぎし日の　おもひでや。
げにわれは　うらぶれて
ここかしこ　さだめなく
とび散らふ　落葉かな。

この詩を暗記している人は多かろう。上田敏の訳詩集「海潮音」の中のこの詩は多くの人に愛された。七五調の調べも口ずさみやすく、秋の愁いといった抒情あふれる歌と思われてきた。

しかし今、読みかえしてみると、抒情性のあるのは、二節目までで、最後はすさまじい。今の自分はうらぶれて、あちこちと定めもなくとび散る落葉なのだ。

この詩を老いの詩ととらえると、いっそうわびしさは増す。秋のある日、ふと気付くと髪に白いものが増え、青春ははるか遠い。ヴァイオリンの音はためいきのごとく胸にしみ、鐘の音に涙ぐむ。残されたものは過ぎし日の思い出だけだ。

老いは、素早くやってくる。最初はたった一本の白髪だったのが、あっという間に増え、月日は頭上を飛んでゆく。

軽井沢の山荘で見ているとよくわかる。ある日、緑の葉の間に、一枚の紅く色づいた葉を見つける。それからは、あっという間だ。樹々の葉は黄色く、紅く色づき、やがて朽葉《くちば》となって散っていく。

落葉に人生を重ね合わせたこの詩は、決して青春の感傷の中でうたわれる愛唱歌ではないのだ。それは、私自身が年を重ねてわかったことだ。

「過ぎし日の　おもひでや」

心の奥に大切にしまってきた思い出のある人は、しばらくの間、その思い出を反芻しつつ生きられるかもしれない。

人生を悟る瞬間

ひと月ほど前、父方の叔母が死んだ。八十三歳だった。すらりと背が高く、洋装のよく似合う人で、晩年も杖をつくのは、美学に反すると言って持たなかった。

その叔母が急に衰えたのは、叔父の七回忌を終えてから。科学者で七年もの間、抑留生活を余儀なくされて、その間、叔母は私の母に胸の内を手紙に書き、母も又自らの悩みを語った。兄弟同士の嫁という立場も同じ、名前も偶然、昌尾《まさお》と雅尾《まさお》であった。

「お母様からの手紙よ。あなたが持っていて」

と生前、私に手紙の束を渡した。そこには亡き母の心の奥が語られ、叔母をはげます文字があった。

すべきことはみなした……という思いだったろうか。見舞いに行くと、細く血の透ける手で私の頬をなで、何度も握手をして別れた。

人はある時、もはやこの世ですべきことはしたと悟るのだろうか。入院して十日目、急変して亡くなった母も、入院の際、「今度は死ぬような気がする」と私に言った。その時は冗談めかして打ち消したが、どこかで悟る瞬間があるのかもしれない。

思い出とは、かつての思いを今のものにすること

叔母が、死んだらお棺の中に入れて、と言っていた小箱があった。それは叔父と交

わした手紙だったという。叔母には、あの世にまで持っていく思い出があったのだ。

死を迎える時、思い出はどんな役割をするのか。私にはそうした思い出があるだろうか。「思い出」と言うと過去形になるが、私の場合は、過去にはならない思いを引きずっている。思い出とは、思いを引き出すこと。かつての思いを今のものにすることだ。

かつてＴＢＳの金曜ドラマに山田太一脚本の『想い出づくり。』があった。私の『ゆれる24歳』が原案になっているのだが、その中で二十四歳の女性たちは「想い出をつくりたい」と言った。当時、私は思い出は自然に出来るもので「つくる」という言葉に違和感を憶えた。彼女たちは結婚する前の自由な娘時代の思い出を胸に持って新しい生活に入る。長い年月を経て、それはどうなっただろうか。消えてしまったか、くすぶっているのか。

胸の奥にしまった思いを引き出し、反芻を重ねたのち、自分の中できちんと整理してしまった時、死が近づいてくる。

その暗示を、人は知ることが出来るのだろうか。

紅葉は、最後の華
――いつかは宇宙の一員として自然に還る

群がり集って見事なトンネルをつくる紅葉を美しいと思うか、たった一本の紅葉、いや一枚の葉に心奪われるか。

京都を訪れるたびに、ひとつの寺か、ひとつの場所を訪ねることにしている私の足は、鷹峯《たかがみね》に向かっていた。そこには、一時心を通わせた師にあたる人と訪れた光悦寺がある。本阿弥《ほんあみ》光悦がこよなく愛した、京の北・鷹峯の麓にひっそりと、いくつもの茶室と光悦の墓を抱く寺で、おおらかで悠然と編まれた光悦垣に会いたかった。ふさがれた心がほどけていくかもしれないと思ったのだ。

紅葉の連なりが、光悦垣を埋めている。あるものは垣の外に、あるものは垣の内側に、垣の編み目の間から外に向かって枝を延ばしているものもある。鮮やかさにとまどいを憶える。そぐわないものを抱いたまま、斜め向かいにある源光庵の門をくぐった。

人間の生涯を象徴する「迷いの窓」

臨済宗大本山大徳寺の二代徹翁国師によって開かれたというが、後に加賀国大乗寺の卍山道白禅師によって曹洞宗になった禅寺である。

はきものを脱いで本堂に上がると、二つの窓が目を射た。まず上部に桟のある四角い窓。まわりは黒で縁どられ、正面に一本の紅葉の大木。美しいと思う前に、ずしんと心に落ちてくるものがあった。

四角い窓は「迷いの窓」という。人間の生涯を象徴し、「生老病死」「四苦八苦」をあらわすと説明がある。

人間の生涯。まさにそれを終えようとする人に私は会ってきたばかりであった。

寺から少し北の山麓にあるホスピスに四十代の若さで乳ガンのため死を待つ女《ひと》がい

た。その昔、まだ学生だった彼女は、エジプトのカイロにあるアズハル大学でイスラム学を学ぶ夫とともに我が家にやってきた。当時つれあいは中東の特派員としてカイロの支局勤務。私も半年間滞在中だった。民族衣装のガラベーヤに、髪を布できりっとしばったその女《ひと》は無口だったが、微笑むと花のように口許がなごんだ。

純粋で優しくて、天使のようだと思った。時々連れ立ってやってきて、一緒に食事をした。時刻が来ると、布を敷き、頭を床につけ、祈りを捧げる。

日本にもどりイスラム学者として京都の大学で教鞭をとる夫とともに暮らし、三人の娘に恵まれたが、乳ガンに侵された。発見後、再発。若いため進行も早く、すでに手遅れだったらしい。

京都の仕事を終えて、私はホスピスを訪れた。静かな美しい環境の中で大学生の二人の娘に見守られて、彼女は目をつむっていた。時々苦しそうに、大きな息をする。

「わかりますか」

と言うと、かすかにうなずいて微笑んだ。

天使のような微笑……。

「あ、この女《ひと》だ」

胸の奥が熱くなった。こんなに清らかで、こんなに懸命に生きた人の命が、なぜ奪われなければいけないのか。もう長くはないということだった。モルヒネで痛みを抑えるため、意識はもうろうとしていたが、確かに私をわかってくれた。会えてよかったという思いと「なぜ?」という憤りの気持ちが交錯していた。

その思いが源光庵の「迷いの窓」の一本の紅葉と重なった。「生老病死、四苦八苦」。短い人生を彼女は、せいいっぱいに生きたのだ。死は遅かれ早かれ、何人《なんぴと》にもやってくる。命を終える前の華。それが紅葉だ。口許に浮かんだ彼女の微笑が鮮やかな色彩と重なった。四角く切り取られたこの紅葉の色を私は忘れないだろう。

もうひとつの円窓からも紅葉が見えた。この窓は「悟りの窓」。禅と円通をあらわすという円窓の円は大宇宙なのだという。やがて命を失おうとしている人も私も、いつかは、この大宇宙の一員として、自然にもどっていく。

それでいいのではないか。少し胸のつかえが下りた気がした。

源光庵の本堂には、伏見桃山城の遺物という血天井が残されている。徳川家康の家臣・鳥居彦左衛門の一党が石田光成の軍勢と戦って、自刃し果てた時のものだという。手の指や、甲の跡までそれと知れる。

老いも若きも、それぞれどんな人生を送り、どんな想いで戦場で死んでいったのか。「迷いの窓」と「悟りの窓」の紅葉。その一枚一枚の夕日に映えて、さらに増した朱を心に刻みつけた。

朽ちていく前の瞬時の華やぎ

だらだらと坂を下りながら考えた。紅葉は生命あるものの最後の華だ。一刻美しく、鮮やかさの極に達し、やがて一挙に滅んでいく。朽ちていく前の瞬時の華やぎ。私たちが紅葉の美しさに心奪われるのは、そのためではないか。頽廃の一歩手前の美。だからこそ、「黒塚」の鬼女がふさわしい。

千年の昔、京の貴族社会に生きた清少納言は「枕草子」で四季折々の季節感を描いた。だが、なぜか、紅葉に触れたものがほとんどない。「源氏物語」には紅葉の賀などがあるというのに。

清少納言は、紅葉の美しさに隠された意味を知っていたのではないか。自らの仕える中宮定子から帝の愛が遠のき、あれほど盛んだったものが終わりを迎える、その姿を紅葉に見ていたのではなかったか。

「光悦堂」という和菓子屋で、御土居《おどい》餅を売っていた。御土居とは、豊臣秀吉が京都の守りのため、外敵にそなえて築いた二十三キロに及ぶ土塁のこと。日本版・万里の長城である。その土塁に似せて、羽二重餅に小豆をくるみ、きなこをふりかけた餅だ。鷹峯近辺には、今も土塁の一部が残る。権勢を誇った秀吉も滅び、代わった徳川の世も三百年の後終わった。

さらに下っていくと「京つけもの　長八《ちょうはち》」という漬物屋がある。ここの、「おかぼ」は有名だ。江戸時代、津軽から持ち込まれたかぼちゃを鹿ケ谷《ししがたに》で栽培するうち、ひょうたん形になった。このかぼちゃを薄切りにして、みょうがや紫蘇《しそ》とともにしば漬けにしてあるものだ。

自分のためのみやげに買って、店を出て振り返った。鷹峯、鷲峯《わしがみね》、天峯《てんがみね》の鷹峯三山を染めていた紅葉が、次の瞬間、どす黒く変わった。山の端に陽が隠れたのだ。

私なりの決断が出来るか

――尊厳死という選択

机の横に、日本尊厳死協会から送られた書類がある。

世界共通のリビング・ウイル、すなわち尊厳死の宣言書に署名して会員になれば、私は私の死を選ぶことが出来る。自分の精神が健全な時に書いたものであることが条件である。今の医学で不治の状態で死期が迫っている時、延命治療を拒否し、数ヶ月以上脳死に陥った時、いっさいの生命維持装置をとりやめること、ただ、苦痛を取り除く処置は最大限利用することなどが書かれ、最後に、「私の要望を忠実に果して下さった方々に深く感謝申上げます。そしてその方々が、私の要望に従って下さった行為のすべての責任は、この私にあることを、付記いたします」とある。

この書類を、私は、劇団四季の自由劇場で『この生命誰のもの』を見たあとすぐに取り寄せた。しかし白状すると、忙しさにまぎれてという理由をつけて今まで放ったままになっている。

自分の命を自分で決めていいものか

多分私の中にまだ迷いがあるのだろう。自分の命を自分で決めていいものだろうか。私たち日本人の中には、仏教的な意味での「生かされている」という観念がある。輪廻転生の自然の掟に従って、しかるべき時に仏の手に戻る……。

自然のままに生かされているということはどういうことか。私たちは死は自分で選べても、生は自分では選べない。生まれてくることに私の意志はかかわってはいない。父母の意志、いやおそらくは、あらゆる生物がそうであるように種の保存をも含む、神か仏か私たちのかかわれないところで決められる。それをしも自然と呼んでもいい。自然の意志で生まれてきた私たちは、自然の意志に沿って死んでいくのがふさわしい。

延命治療は、科学の発達によって可能にはなったが、自然の意志とはもっとも遠いところにある場合も多い。

尊厳死のことを自然死とも言う。そう考えると尊厳死こそが、自然の意志に沿っているのではないか。

深沢七郎の『楢山節考』は、今村昌平の手で映画になり、カンヌ映画祭でグランプリを取ったが、主人公の老婆が息子に負われ山に登り死を待つ、いわゆる姥捨の慣習も一つの自然死の選択と言っていいのではないか。

『この生命誰のもの』の主人公早田は、半年前の交通事故で脊髄損傷、首から下の全身が麻痺し、病院のベッドに寝たきりで指一本動かせず、自分では何もすることが出来ない。

彫刻家としての仕事も、愛するものを抱くことも出来ず、ただ明晰な頭脳と感性を使って言葉で表現することだけが可能だ。それとても担当医の強制的なトランキライザーの処方で意識が鈍らされることがある。

「人間には自分の意志で行動を決定する権利がある」

「静かに死ぬこと、それもあらん限りの尊厳を保ちながら」

そのために早田は「死ぬために退院したい」と弁護士に告げる。

担当医は事故の後遺症で抑うつ状態にある患者に理性的な判断は下せないと言い、病院に拘束することを主張、人身保護請求を申請した早田をめぐって、病院で裁判がくりひろげられ、判事は、早田の言う退院して自由の身になることを認める。それは早田の死を意味するが、早田という一人の人間が自分の意志で死を選んだ瞬間だった。自分の生を選んだことでもある。死は生の一部なのだから。

舞台は、早田のいる病室から全く変わらない。中心に指一本動かせない早田のベッド、登場人物はそのまわりで動き、早田の口からは、時に鋭く、時にユーモアさえまじえた言葉が発せられる。

極限状態に置かれた一人の人間と、それぞれの立場で動き、発言する医師や看護師、弁護士。ここから観客は目をそらすことが出来ない。釘付けになった舞台に人間の尊厳とは何かというセリフがかけめぐる。

その一つ一つに耳をとられ、自分の生命とは何かを考えさせられる。

医師も十分に早田の気持ちはわかっているが、医師という立場で発言するしかない。

一人一人の立場を含めた、人間が生きるとは、死ぬとはどういうことかをつきつけられる。社会対個人への問いかけもここにある。

生きるとは、自己表現をすること

私は、生きるとは、自己表現をすることだと思っている。なんらかの手段で私たちは表現を続けなければならない。主人公の早田は、少なくとも言葉というもっとも身近でもっとも大切な手段を奪われてはいない。その表現手段を使ってまだまだ生きることは可能なのではないかとも思う。彫刻は出来ずとも、言葉を使って文字にすることも出来る。早田の悲劇は、明晰な頭脳を持ち続けていることにあり、表現手段が失われていないことにある。

その最後の手段が奪われないうちに生の続きとしての死を選択しておきたいということなのだ。自分の関与出来ないところで、トランキライザーなどの薬が処方されることもありうるのだから。

私は、自分で自分の死を選べない状態になった二人のことを思い出す。

一人は私の母親である。八十一歳で脳梗塞で倒れた。入院一週間後パタッと意識がとだえた。深夜母の目から涙がしたたるのを見た。何を伝えたかったのか。すっかり心臓も弱って集中治療室に移り「ピーピーピー」という器械の音だけが耳についた。トラックなど大型の車がバックする時の音に似ていた。母の弟で医者である叔父が、担当医に、無理に命を引き延ばさず自然にと私に相談の上話したためか、それから三日ほどで息を引き取った。安らかな顔をしていた。

人間の意志と死

もう一人は、著名なテレビマンで、その日彼ともう一人若い評論家と私との三人で民放のテレビ番組の審査をしていた。二日にわたり朝から夜遅くまでドキュメンタリーなどの番組を見て選び批評をし、終わった時はへとへとになっていた。三人で軽く食事をしたあと、彼は自宅に帰り、階段の下で倒れ、そのまま意識は戻らなかった。病院へ見舞いにゆくとベッドにいつものように穏やかな顔で横たわり、愛用のボルサリーノの赤い帽子が横にあった。元気なうちに会った最後の一人であった私は、彼の手を握り、意識が戻るようにと耳許で話しかけた。医師の話では脳幹が損傷をおこしていて無理だろうとのことだったが。

それから約一ヶ月で亡くなったが、死についての意志があったのかどうかは私にはわからない。しかし、友人知人との別れにふさわしい期間を経ての死にその人の意志を感じた。

「人間は、自分の人生に対して、自分が決断をくださなければならない」。早田のセリフだ。

多くの殺人事件や増え続ける自殺など、社会の様々な死を前にして、このシリアスな社会派ドラマが、上演されることの意義は大きい。私も今度こそ尊厳死の書類を送ることが出来るかもしれない。

「お任せします」とは言いたくない
――個の考え方を身につける

つれあいが、ハワイで腹膜炎になり開腹手術をして三十年以上経つ。今も時々、医者に行くが、大病院の医者は忙しく、いわゆる三分診療にならざるを得ない。患者の方も、沢山の待っている人を考えると、もっと聞きたくとも、余分な質問はついしなくなる。その結果、自分の病気について、本人が詳しく知らないですませてしまう。

おまけに日本では、昔からお医者様に「お任せします」というところがあって、これが問題なのだ。

よく考えると自分の体、自分の病気なのに、「お任せします」とは、なんと無責任なのだろう。もちろん専門家に治療してもらうにしても、もっと自分で自分の体や健康に責任を持ちたい。

そのためには知ることが大切だ。出来るだけ詳しい情報を得ること。医者にうるさがられようと、たずねるべきことはたずねる。出された薬がどんな薬なのかをよく知って飲む。

こちらから質問すれば、必ず答えてもらえる。何も聞かなければ医者はわざわざ言わないことも多い。

病気の自分を守るのは自分

日本の医者も少しずつ変わってきている。納得のいくように説明し、患者に自分の体への自覚を持たせ、責任を持たせること。いやそれ以上に、患者の側が、自分を守るのは自分なのだと知りはじめたのだ。

人任せでなく、自分の体に耳を傾ける姿勢、それは、個が成立していない日本の社会ではむずかしかった。

自分で自分の体を知り、責任を持つのは、結構辛いことでもある。「お任せします」

は人任せだから。なんだって人のせいですますことが出来て、気楽な部分もある。

例えば、ガンの告知など、欧米では以前からあり、なぜ日本でそんなことが問題になったのかわからないといわれる。自分の体のことを知る権利は何人《なんぴと》にもあり、それを知らせないと、かえって罰せられるという。

どんな病気でも本人に現実を告げ、家族には告げない。日本とは全く逆なのだ。たとえ過酷であろうとも、本人が真実を知り、その上でどう生きるかは本人に任せる。実に個の成立した考え方なのである。

つれあいが入院していたのも、ハワイのマウイ島の病院であったので、医者は病室を訪れるたびに、出来うる限りの情報を本人に知らせ、そばにいる私には気をつかって何も言わない。

事実を知れば、生を全う出来る

私の仕事の先輩にあたる女性が、最近亡くなった。白血病であったが、アメリカで発見されたので、医者はすべての事実を本人に告げたという。その上で、彼女はせいいっぱい生きるための努力を続けた。

病人にほんとうのことを告げるのがよいか悪いかはわからない。個人差もあるし、私自身はほんとうのことを知らされた方がいいと思ってはいるが、その時になって果して耐えられるかどうかの自信はない。

けれど、少なくとも生きている限り、「お任せします」ではない人生を送りたいとは思う。

医者の方だって、「お任せします」と言われては、負担が大きかろう。お医者さんも人間なのだ。やはり患者が自分の人生に責任を持ってもらった方が治療しやすいかもしれない。

私たちも、もっと、他人任せでない、個の考え方を身につけないとこれからの時代は生きていけない。

健康管理、健康管理と言うけれど、健康管理も医者任せではいけない。自分で自分の体に耳を傾けて、早く異常をキャッチしてやりたい。

健康管理とは、言うまでもなく自己管理なのだ。

第二章

年齢を超えるヒント

行動すれば運命は変わる

ノンフィクション

――男性編集長に批判されて「よし、なんとしても本にする」

五十歳になる前に考えた。これからどう生きるべきかと。年齢としては、ちょうど中間点である。二十歳が成人で、八十代まで生きるとして考えるとちょうど三十年経った五十歳は半分きたところである。あと三十年はある。今までと同じだけあるとすると、そこで何をするか。

会社勤めならば、六十歳定年というのが一つの目安だろうが、私のまわりでは、五十歳定年と自分で決めて独立する男性が多い。ニュースキャスターの木村太郎氏は五十歳でＮＨＫをやめ民放のキャスターになり、親しい編集者は出版社をやめ、文芸評論家として独り立ちした。つれあいもテレビ局の報道にいたが、「五十歳定年」と言ってフリーになり、大学で教えはじめた。彼らの話では、六十歳定年になってからでは遅い。脂ののりきった五十代にやめて次なるステップに進むぎりぎりの線だとか。

五十歳からのライフワークに着手

私の場合、すでに物書きとしての道は決まっていたが、何を書くか、ライフワークになる仕事にとりかからねばならない。

すでに五十冊位の著書はあったが、エッセイや評論風のものが多く、手間のかかる長いものに今のうちに挑戦しておかねば……。体力のあるうちにはじめれば、継続はそれほどたいへんではない。一番しんどい仕事、それはノンフィクションだ。テーマを見つけ、取材し、裏をとり、自分の足で歩く。時間がかかり、そのあと書く。書く段に行きつくまでの過程がたいへんである。

それまでにも、ノンフィクション風な取材物は書いていた。一九七七年に出した『ゆれる24歳』、二十四歳の働く女性たち五十人に徹底的に話を聞き、仕事や私生活などを調べて本にした。その頃、女性たちは、仕事に自分を生かしたくとも会社の男性たちから無言の圧力を受け、やめざるを得ず、仕事か結婚か二者択一のはざまで揺れていた。両方あって当然であり、男も女も同じはずが女にはまだ社会的差別があった。

有名人より普通の人の人生を描きたい

ごく普通のOLの話を本にするときいて、出版社の男性編集長が言った言葉を私は忘れない。

「そんな普通のOLの話なんか本にならないし売れないよ」

腹が立った。誰だって一生懸命生きている。一人一人真剣に自分の人生と向き合っている。その姿こそ大切なのに、有名人や有名事件だけが本になると考えている石頭。よし、なんとしても本にする。その時私の一つのテーマが決まった。私の書くノンフィクションは、有名人や有名事件ではない。ごく普通の人にスポットをあてる。有名なものは他の人たちも目をつけて描く。私は普通の人たちのドラマを描きたい。人のやることはやらないというへそまがりの精神が頭をもたげた。

そして二年の取材ののち、本になり、『ゆれる24歳』を原案として、山田太一脚本で『想い出づくり。』というテレビドラマになり、話題になった。私の今までの本の中でベストセラー入りをし、のちに文庫にもなり、それまででもっともよく売れた本である。

内心、「ざまあみろ」という気持ちだった。「普通の人のことは本にならない」と言った編集長は何も言わなくなった。本は社長の決断で出ることになったのだった。

五十歳以後はノンフィクションをメインにとり組む。題材に選ぶのは、日頃脚光のあたらないごく普通の人。その中でも意志的に生きた人だ。

そう思って探している時、身近で新潟の豪雪地帯で虐げられながら自分の意地で生き通した私の祖母を思い出した。『思へばこの世は仮の宿』(講談社)、考えればこの世は仮の宿だと言いきかせねば生きられぬ辛い人生の中で、しかし自分の場を生ききった女。私の祖母に限らず明治の女たちはみな耐えることでエネルギーを培った。それでいて今の便利で好きなことの出来る時代の女たちよりも、背筋がしゃんとしていた。今の女にない美しさがあった。それを支えたのはなんだろうというのが、以後私の大きなテーマとなっていく。

私なりの姿勢を貫く
――一人の時間を大切にする

まだ放送局に勤めていた時のことである。

自分の持ち番組を主とした一日の仕事の分担の合間合間には、結構時間がある。その間、次の番組の下調べをしたり、一息入れてお茶でも飲める。

そんな時、空いている者同士誘い合ってコーヒーを飲んだりお喋《しゃべ》りしたり。特に女性同士はその傾向が強い。

私は、どうも仲間に入るのが苦手だった。つい他人の噂話になったり愚痴になったり、ろくなことはない。「あー、あんなこと言うんじゃなかった」という後悔や、無駄に時間を過ごした苦々しさが込み上げてくる。

ある時点から、私はその仲間に入らなくなった。仲間外れにされようと、つきあいが悪いと思われようとかまわない。私は私の時間を大切にしたい。

それからの私は、空き時間に、空きスタジオを見つけてもぐり込む。無人のスタジオ位静かなものはない。すべての音が吸い込まれる無気味な静寂の中で、仕事に関する本を読んだり、文章を書いたり、自分がやりたい方向への準備を少しずつはじめた。

他人の文章、それもどう見ても表現能力に欠ける無味乾燥な言葉を読まされることは、何より辛かった。自分で納得のいく言葉を綴りたい、言葉にしたい。その思いが、私をせっせと空きスタジオに向かわせた。

一度決心してしまえば、あとは気にならなかった。他人からなんと言われようと、私は私の時間を私なりの使い方をする。

「あいつは、ああいう奴だから」

最初のうちは、変わり者だの、人嫌いだのという誤解もうけた。アナウンサーのくせに自分で文章を書こうなんて生意気だの、その時間部屋で先輩の話に耳を傾けていた方が役に立つだのという声もあった。

しかしマイペースで自分の決めた方法を貫いているうち、誰も何も言わなくなった。「あの人はああいう人なのよ」と暗黙のうちにみんなが認めはじめたのである。

人づきあいがよく、他人の言うことばかり聞いていると、ますます他人は言うことを聞かせたがる。注意を受けた、皮肉を言われたといちいち気にしていると、効果があったと思われて、ますます重箱の隅までほじくられる。自分がそう思わない時は、何を言われても気にせずに流していると、いつか相手が諦める。

「あいつは、ああいう奴だから」と思われたらしめたもの。あとは余分なおせっかいを受けずにマイペースで過ごせる、……そうなるまでがたいへんなのだ。自分の思うこと、やりたいことのためには、他人の顔色をうかがってばかりいたり、いちいちまわりの言うことを気にしていては駄目だ。

どこかで、そうした感情を断ち切ること。余分なものを切り捨てる強さが必要になる。

友だちとお喋りをしてお茶を飲む、その方が一見波風はたたず評判もよくなろう。

先輩の言うことはなんでも気にして一喜一憂すれば、愛《う》い奴と思われよう。

だがそんな自分を断ち切って当座は誤解を受けても、自分のやり方を貫かないと、長い目で見て、自分の道は開けない。

私の場合、自分のためにだけ空き時間を読みかつ書くことにあてていたら、その姿をどこかで誰かが見ていた。そんなに好きなら、ライターが間にあわぬ時は、自分で書いて喋らせてみようかという話が積み重なって、いつか私の仕事はほとんど自分の言葉で喋れるようになっていた。

なんと思われようと、私なりの姿勢を貫いた結果であり、それが放送局をやめたあとの現在の書く作業にもつながっている。

何かを断ち切らねば、自分なりの生き方は出来ない

誰にだって他人によく思われたい、つきあいをよくして嫌われたくない思いがある。

けれど、どこかで何かを断ち切らねば、自分なりの生き方は生まれない。自分の時間は創り出せない。人間あれもこれも出来るほど、器用ではないし、人一人に許され

た時間には限りがある。

その中で何をとって何を捨てるか。自分にとって大切なのはどれで、必要ないのはどれか。考えてみれば毎日がその選択の連続である。

最近は取材や講演に地方に出かけることが多い。仕事が終わって、飛行機や新幹線の時間までの空き時間は、私にとって大切な時間である。私は知らない街を、目を光らせ、鼻をひくつかせて歩く。一つでも見知らぬものや人に出会い、心の琴線《きんせん》に触れるものを見つけたい。

だから、出来る限りお茶を飲む時間、会食の時間はなくしてもらうよう主催者にお願いする。がっかりされたり、つきあいが悪いと言われるのは承知の上である。

私は一人の時間を大切にしたい。自分の時間は、自分で守らねば決して出来ない。

相手の人に悪いと思いながらも思いを断ち切らねばならない。断ち切ることでしか、強くなることが出来ないのだ。

夢

——年齢がいくつでも、遅いということはない

日本人の一番好きな言葉が、確か「夢」であった。管理社会の中で夢が持ちにくくなればなるほど、人々は夢に憧れる。

私はといえば昨年の暮れに、長年の夢を一つ達成することが出来た。舞台でオペラのアリアを歌うことが出来たのだ。渋谷にある小劇場「ジァン・ジァン」で、『源兵衛さんのクリスマス』と題して、ピアニストの小泉源兵衛さんの伴奏で歌う会で、全体を永六輔さんが司会した。永さんの話もたいへん楽しく、歌う方も内海好江、斎藤京子、マルセ太郎といったユニークな面々、私にも歌いますかと話があったので、つい「オペラのアリアが歌えるなら」と言った手前、ひっこみがつかず、振袖を着て

『蝶々夫人』の『ある晴れた日に』を歌った。

前にも書いたように、長年の夢だったのだ。高校時代、オペラ歌手に憧れ、芸大出の先生について声楽を習っていたが、やせたその体ではプロはどうかと思うと言われて、すべて断念した。

一生に一度、舞台でアリアを歌いたかった

けれど少女の頃の夢はそう簡単に消えてはなくならない。ずっと聴く方にまわっていたが、五十歳を機にどうしても歌いたくなった。趣味としてやるのだから、誰にも遠慮はいらない。そろそろ先生を探してと思っていた矢先に持ち込まれた話にすぐ乗った。小泉先生の特訓で、あがりはしたが、ともかく歌い終わった。

「一生に一度、舞台でアリアを歌いたかった」という私に、永さんは、「わかる、その気持ち……」と言った。

仕事や生活に追われて忘れていたが、五十歳を機に思い出した。その夢をもう一度、趣味として呼びもどしたい。いくつからだって遅いという年はない。

青い蝶

――ほんとうに好きなものは、中学・高校時代に得意だったこと

一羽の小さい青い蝶が
風に吹かれて飛んでゆく
真珠母色のにわか雨が
きらきらちらちら消えてゆく。

そのように一瞬きらめきながら
そのように風に飛ばされて
しあわせがわたしに合図しながら

きらきらちらちら消えていった。

ヘルマン・ヘッセ

この詩をどんなに愛したことだろう。特に「しあわせがわたしに合図しながら　きらきらちらちら消えていった」というところを。

若い頃はよくそんな瞬間があった。青い蝶の象徴するしあわせが、ちらと姿を見せたかと思うと、次の瞬間には消えている。そのはかないものに会いたい、それを見たい、摑まえたいと思った。幻影だったかもしれないが、それは時として姿をあらわし、きらめきながら風に吹かれて飛んでいった。

いつ頃からだろう。青い蝶をあまり見なくなったのは。四十歳を過ぎた頃か、五十歳になった頃か、少なくともその回数は確実に減っていた。

私たちの青春の書だった作家ヘルマン・ヘッセの『庭仕事の愉しみ』（草思社）が数年前に出て、その中でこの詩に再会した。ヘッセにとって庭は瞑想の場、今風に言えばガーデニングの中で青い蝶に出会ったのだろうか。

しあわせの合図

春の午後、小さな蝶がマンションのベランダの花とたわむれている。青くはないが、黄色の翅《はね》を懸命にゆすってちらちらと飛び、いつしか消える。それを目で追って、心を遊ばせている時のしあわせを久しぶりに味わった。そう……長いこと忘れていた。

私は本棚の最上段に置きっぱなしの詩集を探す。確かあったはずだが、見つからない。一番奥に積みあげた古い文庫本の底に埃をかぶったヘルマン・ヘッセの詩集。あった。私は自分の青春にふたたび出会ったように狂喜し、埃アレルギーのあるのも忘れてページを繰った。「青い蝶」のところには、書き込みがあり、「しあわせがわたしに合図しながら……」のところに傍線が引いてあった。

あの頃、私は希望に満ちていただろうか。しあわせの合図とはなんだったのだろうか。高校生だった私は、放課後を学校の図書室で過ごした。本が好きだったので図書委員になっていたのだ。二階にある閲覧室で本を私から借り出した学生たちが、あちこちで読んでいる。それを横目で見ながら、もう一人の図書委員にあとを頼んで、私は階下にあるトイレに行った。手洗いは外にあり、水道の蛇口をひねって、ふりむくと真白なハンカチが目の前にあった。上級生の音楽部の男子生徒だった。閲覧室からいつの間に降りてきたのか、待ちぶせていたのだ。参考書のことなど、他愛のない話をしながら、肩を並べて階段をのぼった。強くなりはじめた日射しに校庭のプールの水がきらめいていた。小さな蝶が窓外をかすめて飛んでいった。

オペラ歌手に憧れた高校時代

あの頃、ひそかに私は、歌手を夢見ていた。歌手といってもオペラ歌手である。ひと月に一度は学生音楽友の会などで藤原オペラの『椿姫』や『カルメン』などを見に行った。大谷洌子《きよこ》、砂原美智子といったプリマドンナがいて、家にもどると、憶えたてのメロディを口ずさみながら、鏡の前でバラ一輪をくわえてカルメンになり、シーツを体中に巻きつけて、病める椿姫に扮した。

三浦環《みうらたまき》の弟子だったという芸大出のソプラノ、牛屋先生の門もたたいた。土曜日になると、楽譜をかかえ、駅を降り、角を一つまがると、つたのからまる古い洋館からピアノが聴こえてきた。牛屋先生は、よく太った年輩の女性で、コールユーブンゲンやコンコーネなどの基礎練習のあと、イタリア民謡や日本の唄、そしてモーツァルトの『ドン・ジョバンニ』の有名な二重唱など、唄わせてもらった。

オペラのプロは無理かもしれないと言われて憧れだった歌の道を諦め、私は歌うことをやめてしまった。青い蝶はちらちらと消えていった。

それから長い年月が過ぎ、五十歳を目前にしたある日、合図しながらきらめくものを見た。ほんとうに好きなことをやっただろうかと、自分に問うた時、歌という文字が浮かんだ。

そうだ。仕事には出来なかったが、趣味ならいい。二期会の知人のオペラ歌手に発声練習をしてもらうと、一年で元通り高い音も出た。オペラのアリアも習い、振袖姿で『蝶々夫人』の『ある晴れた日に』も唄った。

一番感受性の強い中学・高校時代に得意だったものが、ほんとうに好きなものだということ。忙しくて忘れていたら、思い出せばいい。絵を描く、詩を書く、なんでもいい、夢ふたたび。その時、青い蝶がきらめきながら飛んでいくのを見るだろう。

今、私に出来ることを
——どこかで誰かにお返しをしたい

英語を習っていたアメリカ人の主婦が言う。

「月曜から金曜まで毎日忙しくて……」

私自身は仕事をする身、なぜ私のスケジュールに合わせてくれないのかと思って聞いてみると、毎日がボランティアで忙しいのだという。午前中は教会の掃除、午後は老人ホームでおしめをたたむ。その日々は、アメリカでも日本でも同じこと。誰かれというのではなく、自分に出来ることをするのは当たり前だという。

日本の主婦はどうだろう。カルチャーだ、遊びだと忙しくとも、ボランティアまではまだまだだ。

日本人は、ボランティアは金とひまのある人がするものだと思っている節がある。自分に今出来ることをする。自分のためにする仕事なのだという考え方が根付いていない。ともかく知っている人には親切だが、知らない人には不親切。要するに自分の知っている範囲にしか思いをいたさない。

欧米の本物のボランティア精神

欧米では、知っている人も知らない人も、困っている人には手を貸すという考え方がいきわたっている。

つれあいが、ハワイのマウイ島で盲腸から腹膜炎さらに腸閉塞をおこして、一ヶ月間入院した時私はずっとつきそっていたのだが、知らない現地の人々にどれほどすくわれたことか。知人は一人もいなかったが、毎日のようにボランティアの人が花を持ってきてくれる。私のために食事をつくってきてくれる。

途中から精神的にまいってきた私を見かねて現地の牧師さんが、自分の家に泊まれという。そのおかげで半月間、がんばることが出来た。

退院の日、日系のボランティアの奥さんからお赤飯が届いた。その気持ちに涙が出た。ガーゼをかえながら、飛行機で日本に帰るつれあいのために、休暇をとっていた看護師さんが、一緒について来てくれるという。どんなにほっとしたかしれない。

人々のおかげで私たちは命びろいをした。急病はたいへんだったが、かえられない尊いものを得た。知人でもない日本からの旅行者にあれだけ心のこもったことが出来るのは、キリスト教の影響もあろうが、本物のボランティア精神が根付いている証拠である。

ふりかえって私はどうか？　と思うと恥ずかしい。忙しい、忙しい、と何もしていなかったではないか。

今、出来ることをすればいいのだ。今、私に出来ることを。

マウイ島でいただいたものは、どこかで誰かにお返しをしたい。知っている人ではなく、知らない人に。出来ることからはじめればいいのだ。

定年後の家計簿
——年をとることは、個性的になること

年をとることは、個性的になることである。なぜならすべてが減ってくる。まず、持ち時間。いくら長生きの時代になったといっても、確実に人生の締切りは近づいてくる。

次は体力。目に見えて減る。私の場合、徹夜が出来なくなったのと、酒が飲めなくなったことが顕著だ。若い頃は「おろち」という仇名すらついていたのだが。

三つ目は、お金。若い時は、働けば入る可能性があるのだが、働く場所は少なくなる。

すべてが減ってくるということは、もはや余分なことは出来ない。ほんとうにしな

ければならないことと、ほんとうにしたいことをする。しなければならない義務感のあるものは、仕事だ。家事もボランティアももちろん仕事。仕事は、自分の姿勢を正してくれる。

残りの人生は生き生き過ごしたい

自分らしくあろうとする結果、年をとるほど個性的になる。

そのためにまずお金は使うべきだろう。自分の残りの人生にせいいっぱい生き生き出来るようお金を使いたい。私は、七十過ぎたら留学を考えていた。もう一度勉強したいことがある。そのためにも今働いてお金を貯めておかねばならない。自分のお金は自分のために使いたい。そして願望としては、すべて使い切ったところで死にたい。

外国に出かけてその国の通貨に替える。滞在日数ややりたいこと、買いたいものを考えて、いちおうの目安を立てて円を替える。

予定通り、余りもせず、足らないこともなく使い切った時の気持ちのよさ、そんなふうにいけばいいのだが。

いつ死ぬかがわからないから、なかなか難しい。人に迷惑をかけぬよう、葬儀などのお金は最低限残しておかねばならない。

最低限食べていける保障さえあれば

私に子供はいないから、残す必要はない。いたとしても、自分たちの金は、自分たちで使うのが一番いい。遺産などあろうものなら、必ず、みにくい争いがおきる。どんなに仲のいい兄妹であろうとも、それぞれのつれあいもいることだし、仲たがいの原因になる。そんなものは残さないに限る。

もしどうしても残したい時には、きちんと遺言すること。私は万一残りがあった時には、寄附する先を考えている。

「発《た》つ鳥跡を濁さず」この世を旅立つ時にはきれいにしていきたい。特に金銭のもめごとなど残さないように。

先日亡くなった田原総一朗夫人の節子さんは大学時代からの友人だが、すべてをNPO法人「日本乳がん情報ネットワーク」をつくることに使って欲しいと言ってその通りにした。

最後まで前向きに生きて、正面を向いてあの世へ歩いていった。見事だと思う。

これは攻めの部分であるが、守りがあってこそ攻めがあることを忘れてはならない。

私は最後まで仕事をして、自分一人は自分で食べさせてやるのが希望だから、一人で食べられるものの保障は大事である。

微々たる年金を補うもの

かつて勤めたことはあるが、私たち自由業は年金など微々たるもの、それを補うものが必要だ。

今のマンションに移る前、麻布の小さなマンションに居た。それを売らずに人に貸している。場所がいいので古くなっても引く手数多、そこからの金は、病気になっても入ってくる。それで最低限食べてゆける。働ける時に働いて形に変えておいたものが役に立つ。

住むところはローンも終えたマンションがあり、これも出来る時に軽井沢に山荘をつくっておいた。いざとなれば住まいのマンションも貸して引きこもることも可能だ。定年後の家計簿も決して人まねをしてはいけない。自分の価値観で自分で選ぶ。その人の生き方ライフスタイルが試されていることなのだから。

自分を律する
――人を美しくする精神のありよう

「年を重ねて美しくなる」とか「素適に年をとる」とかいうが、ほんとうだろうか。

そうありたいという願望ではあっても、肉体的な意味では、うそっぱちに決まっている。それでは何が美しくなれるかというと、精神のありようである。

沢山の人に会った中で「この女《ひと》は美しい」と私が思わず正座をしたのは、小林ハルさんである。小林ハルさんは、百三歳まで生きた。瞽女《ごぜ》をなりわいとしてきた女《ひと》だ。生後百日で失明、厳しい修業を経て、地を這《は》うような辛い生活をしてきたが、年を重ねるごとに美しい。私が最初に会った八十五歳当時から比べても、年々美しくなる。実に不思議な女《ひと》だ。

新潟県の盲老人ホーム「胎内やすらぎの家」に暮らしたが、瞽女唄で国の無形文化財の指定を受け、黄綬褒章、吉川英治文化賞など様々な賞をもらっている。

私はこの女《ひと》のことを『鋼《はがね》の女《ひと》　最後の瞽女《ごぜ》・小林ハル』というノンフィクションにし、集英社から文庫本として再び出版された。九十九歳になってから毎年会いに出かけていたが、少し耳は遠くなっても、七百近いレパートリーを憶えていて、頼まれれば唄う。体調を悪くして入院していた時も呼べば、はっきりと返事が戻ってきた。

百四十センチ足らずの小柄な体に、白髪をおかっぱに切って、肌はつややか、姿勢正しく、品さえ漂っている。

相手のせいにせず、自分をきたえる

なぜこの女《ひと》はこんなに美しいのか。若い頃の写真を見ると、美人でもないし、こちらが感じるものも少ないのだが、年を経るとともに美しくなった。それは、自分を律して生きてきたからだと思う。

「いい人と歩けば祭り、悪い人と歩けば修業」。目の見えない瞽女二、三人が組んで旅をし唄って歩く。その仲間がいい人ならば祭りのように楽しいし、意地の悪い人などと一緒の時は修業と受け止め、相手のせいにせず、自分をきたえてきた。

それがハルさんの精神をつくり、外見までも美しくしたのである。自分を律することを知っている人は美しい。

仕事という義務感が、気持ちを立て直す

自分を律することは、身の始末が出来ることである。自立と言い換えてもいいが、他人をあてにせず、自分で考え、自分で決める姿勢を持ち続けることである。

そのためには、どうしたらいいか。私は、最後まで仕事を持つことを勧めたい。

仕事とは、しなければならない義務感のあるもの。その瞬間は、しゃんとしていなければならない。私自身大学を出て以来ずっと仕事を続けているが、そのおかげで、心もしっかり持つことが出来たし、弱かった体も、気をつけながらかえって丈夫になった。

定年を迎え、勤めをやめて仕事がなくなるということは、精神をしゃんとさせるも

のを失うことだ。農業の場合、家でする仕事も多いだけに仕事がなくなりはしないだろうが、もしなくなったら、自分で見つければいい。

以前からやってみたかったことに挑戦してもいいし、ボランティアでもいい。やるからには、いいかげんにやらない。仕事と思ってやる。やらねばならぬ義務感を持つ。そのことが、気持ちを立て直す。

大先輩の作家たちも、一日原稿用紙三枚を書くことを、八十を過ぎても義務づけているという話だ。

テレビ局をやめて植木屋になった人も、新聞配達をしている人もいる。

かつての役職などにこだわらず、自分のやらねばならぬ仕事を持ち続けることが、精神の自立に役立つ。そして、その人を美しく見せる。自分を律して、最後まで自分らしくありたい。

どんな仕事にも無駄はない
――自分の才能を野放図に育てる

やっと休みがとれて、軽井沢の山小屋で自然に息を合わせていると、電話が鳴った。

「たいへんでしょうけど、どんな仕事にも無駄はないのよ。しっかりやってネ」

新聞社の編集委員から大学教授になった女性の先輩からである。

七月一日から私は特殊法人日本自転車振興会（現・公益財団法人ＪＫＡ）の会長という仕事につき、毎日、慌しく過ごしている。

本来私は、物書きでありそれがライフワークであるが、審議会や運営委員として意見を言ってきて、日本自転車振興会とは十数年以上のつきあいがある。

私は常に批判精神を持ち一生反骨でありたいと思っている人間だから、外野にしか縁がないと思っていた。組織の中に入るなど考えたこともなかった。最初は断るつもりだったが、今まで役人のポストだったところでもあり、天下りをなくすためと言われると、一種の使命のようなものを感じてしまう。

どうして今頃になって初の女の会長なのだろうと、持ち前の反骨精神がとび出してきて、何かしなければいけない気持ちになってしまう。

たいへんな仕事と承知しながら、引き受けることになった。友人知人の反応は様々、「ほんとにそそっかしいんだから」と言う人や、「御愁傷さまとしか言いようがない」と心配してくれる人たち。もちろん素直に「おめでとうと言っていいのかナ？」という人もいる。

ともかく私なりのカンと使命感で引き受けたのだからやるしかない。

そんな時女性の先輩からかかってきた一本の電話。嬉しかった。ほんとうにそうだと思った。

「どんな仕事にも無駄はない」

年をとるほどにそう思うと彼女は言う。自分の人生でかかわりあった人や仕事、どれ一つをとっても無駄はない。そこに生きてその仕事をしているのは私自身であり、私の人生のつながりの中の一つなのだから。

責任は他に転嫁しない

一生自分で食べていきたいと決意して大学を出てからずっと仕事をしてきたし、その間には、いやなこと辛いことも様々あった。非難中傷にさらされたことも、転機にたたされた時もあった。しかし、必ず自分で決めて責任は他に転嫁しないことを心がけた。

もともと物書きになりたくて、新聞社か出版社希望だったが、私が大学を出た昭和三十四年頃は、大学出の女性に門戸を開いているところはほとんどなかった。

大学の就職課でいくら探しても、募集のあるのは男性ばかり、放送局でも記者やディレクターは男しかとってはくれず、女と書いてあったのは、アナウンサーだけだった。つくる側にまわりたかったが、いたしかたない。アナウンサーは女の声も必要だというので出来たばかりの民放からＮＨＫまで公募だった。ともかく就職して自分で食べなければと思って試験を受けたら、宝くじに当たって入ってしまった。

だがもともと希望ではないし、仕事は面白くないしで一時落ち込んでいた。二年間名古屋に転勤したあと東京にもどり、少しはいい仕事につけるかと思ったら、番組紹介の仕事を命じられた。番組をやるのではなく、それを紹介する案内ガールである。こんなはずではなかったと思った。十分ほどのそのテレビ紹介はビデオが流れて、紹介文を読むのだが、最初の十秒間私の顔が出る。

「みなさまこんばんは、お元気ですか、今日もNHKの番組でお過ごしください」

ゆっくり言えば十秒である。こんなあいさつを毎日していては、飽きるしつまらない。鏡を見ると目は魚のくさったようにどろりとし、文句を言って過ごす毎日は、私自身を蝕んでいった。私は自分で自分を駄目にしていたのだ。そんなテレビを見ている人だって楽しいはずがない。

仕事をやめる前の少しの工夫

ほんとうにいやならやめればいい。だが、やめたら当時は仕事などない。そこにいて仕事をするなら自分で楽しくするしかない。私は見たこと聞いたこと、お天気、ニュースなどあらゆることをあいさつにし、毎日必ず違えることを自分の義務とした。言葉には興味がある。書き言葉とは違っても、短い中でいかに自分の言いたいことが言えるか、俳句をつくるつもりで言葉を選んだ。

「今朝、庭の片隅に〝ほたるぶくろ〟が紫色の花をつけていました」

毎日違う話題を見つけるには、いつもまわりを見、新聞や雑誌でもネタを探す。その目は自然に動き光を増す。

半年ほどして気がつくと目が輝いてましな顔になってきた。鏡を見るのがいやではない。一年位たつとまわりの人が気付き、「あの子生き生きやってるネ。他の仕事をやらせてみようか」と本物の番組がまわってきて、そこが自分の生きる場と、出来る限り努力をすると結果が出て次の仕事がまわってくる。ラジオで自分で物語を書いて放送したらそれがきっかけで本になり、物書きのきっかけもつかんだ。

九年で勤めをやめ、フリーで放送と書く仕事の両方を続け十年、ようやく書く仕事の比重が多くなった。私にしたら物書きになるのに大まわりをし、道草を食ってやっとの思いだったが、決してアナウンサーだったことは無駄ではなかった。言葉の大切さを知ったし、自分の言葉を紡ぐことも学んだ。

元アナウンサーという肩書きに振り回されても

しかし誰もなかなか物書きとは認めてくれない。「昔の名前で出ています」という歌のように、アナウンサーの頃の名前で注文がくるのではとひがんだこともあった。

意志的に生きた無名の女の一生を掘り起こすノンフィクションを自分の仕事と決め、エッセイ等をはじめ今までに書いた本も七十冊ほどになった。

そしてようやく物書きとしてのキャリアが身についた時、先に書いた仕事の誘いを受けた。

その時も「元NHKアナウンサーで作家の……」と紹介文には元の仕事がついてまわった。私にしたらたった九年間勤めただけなのに、なぜ今もつきまとうのかという思いがある。今の仕事だけでいいではないか。

しかし確かに私は九年間アナウンサーとしてそこで生きた。テレビが隆盛に向かう時だったので記憶していてくださる人も多く、新しい仕事のあいさつまわりに行っても、親しみを持ってもらえる。

あの時、好きではなくとも懸命に仕事をしたことは無駄ではなかった。今の私をつくった一ページには違いない。その後物書きとして苦労したことも違う視点でものを見る目を養ってくれたし、今につながっている。

なんでも好奇心にはこと欠かない。新しい仕事は、そう思えば新鮮で知らないことを知ることが出来るし、組織の中の人間をしっかり見ることも出来る。

「どんな仕事にも無駄はない」その言葉は、腰の引けそうになる自分を支えてくれる。

自分の可能性を信じてやりたい。その意味ではおめでたいことは大事だ。今出来なくてもいつか出来る。そう考えるとその方向に努力をはじめる。諦めて自分の力はここまでと思うと自分の才能を自分で摘んでしまう。自分の心の声を聴き、自分の才能を野放図に育ててやりたい。

第三章

自分流の個性を楽しむ

まずは五感を磨くことから

感覚指数を磨きたい

――好きなものがあってこそ、豊かな人生

私のまわりで、精神的に豊かな老後を送っている人々には、共通項がある。その中でもっとも大事だと思われるのは、好きなことを持っていることだ。絵を描く、歌をうたう、楽器をひく、文章を書く、俳句、短歌、詩、なんでもいい。インテリア、日曜大工、植物や昆虫採集、乗物、千差万別だが、好きなもののある人は目を輝かせてそれにのめり込む。

日本旅行作家協会会長で、御一緒に旅をすることの多かった精神科医の斎藤茂太氏は、飛行機が大好きであった。旅先でも真先に博物館に飛行機を見に行く、その目は少年の目である。

お宅へ伺った時のこと、リビングの片隅の椅子《いす》をすすめられた。いやに背もたれが高い、どこかで見たと思ったら、飛行機会社から払い下げてもらった飛行機の座席である。御本人は、機長の帽子をかぶり、私の前に座って、「さあ、シートベルトを締めてお話ししましょう」。

この遊び心。好きなものがあってこそ、年を重ねてからの人生が豊かになる。電車が好きで、電車の見えるところへ引っ越して歩く人、幻の蝶を求めて休みになると採集に行く人、他人にはわからずとも、本人が楽しければいい。

私は、四十八歳からクラシックバレエをはじめ、五十を過ぎて声楽に挑戦しオペラのアリアなど歌っていった。楽しくて仕方ない。すべてのことが忘れられる。やっぱり歌が好きだ。踊ることが好きだ。

五十歳を前にした時考えた。大学卒業以来、仕事ばかりしてきた。仕事で忙しいのが嫌いではないから、いつも追われてやってきた。五十代に入るにあたって、自分は好きなことをやってきただろうか。よしこれからは、プライベートにほんとうに好きなことをやろう。

五十歳を前にバレエをはじめる

子供の頃、体が弱くて二年間初期の結核で学校を休んだほどだから、運動は苦手だったが、音楽に合わせて踊ることは好きだった。バレエ部でバレエの真似事もした。物書きは体を動かさぬからよくないと考えて好きなことで体を動かそうと考えたら、バレエが自然に出てきたのだ。近くの教室に通って一年して発表会に出た。自信がつき、松山バレエ団のビギナーズ・クラスに入った。

もともと体は柔かく、若い頃とは体型がほとんど変わらずやせているから身が軽い。音楽が多少わかるから音にのれる、そんなわけで十年間、発表会の舞台で踊った。好きこそものの上手なれと言うが、好きだからこそ続けられる。仕事で一ヶ月も二ヶ月もレッスンに行けない時も、あせらず続ける。今も声楽は続け、バレエは十年やったので、次は日本の踊り、地唄舞に挑戦した。

好きなものを仕事にすることは出来なくとも、時間が出来たら好きなものに挑戦する。人生が豊かになるだろう。精神的に豊かな人生が送れるかどうかは、青少年時代の過ごし方にかかってくる。

好きなものがない人はいない。毎日に追われて忘れているだけかもしれない。それをやる条件が現在ないだけかもしれない。それでもいい、いつかと思っていれば、実現する。

と考えると、青少年時代をいかに心豊かに送ることが出来るか、夢を心の中に秘めていることが大切である。

少々古めかしい言葉になるが、情操教育が大切なゆえんである。

では、今の時代それが行われているだろうか。ほんとうに好きなものにのめり込むことを青少年が出来る環境にいるかどうかを考えてみたい。

学力一辺倒の教育では感受性は育たない

少しずつ時代による変化はあるにしても、あいかわらず、学力一辺倒であることに変わりはない。

学校でも、家庭でも、勉強、勉強と知能を上げることだけに重点がおかれている気がする。

このところ日本の青少年の学力が落ちたと問題視されることはあっても、情操力が落ちたとは誰も言わない。これは、知能一辺倒の教育に問題がある。

「知能指数と同様に、感覚指数があるはず。その感覚指数を大切にしたい」

ピアニストで作家でもある青柳いづみこさんが言っていた。私も全く同感である。知能指数より、むしろ感覚指数を大切にした教育ほど青少年にとって大切なものはない。

長崎県大村市で行われた催しで、青柳さんと話をする機会があった。青柳さんのお兄さんは、知的障害者ということで、国立市にある滝乃川学園という施設に子供の頃から入っている。会ってみると品のいい、実にナイーブな感覚の持ち主であった。

兄が一番鋭い批評家だと青柳さんは言う。リサイタルの出来がわるいと、兄は握手をしてくれないが、出来がいい時は、真先に楽屋に来てしっかり手を握ってくれる。

「感覚指数では、兄は一番」という言葉が説得力を持つ。

知能偏重の教育の陰で、感覚や感受性がどんどん失われている。それを発揮する場がないから、みなテレビゲームや引きこもって出来る遊びに走ってしまう。もったいない。

もっと感覚指数を大切にし、それを知能指数と同様、いやそれ以上に重きを置く教育に切りかえることは出来ないものか。

たとえ知能指数が、平均より低いといわれる知的障害者にも、感覚指数を見ると、秀《すぐ》れた人は沢山いる。いや知能に邪魔されぬ分、感覚がとぎすまされることもあるだろう。それをのばすことで自信もつき、才能が芽生える。

ある絵の雑誌で「画家の周辺」を連載したことがあるが、絵の才能は、まだ知能や学力が身につかない幼い頃から描くことが大好きだったとみな一様に言う。

音楽も同じ、特に芸術的感覚はもって生まれた部分があり、のちに培って出来るものではない。

虫や花が好きという生物学的興味も、乗物への興味も、科学的な感覚もすでに子供の頃に芽がある。そして、自己表現を憶える中学、高校時代に感受性は花開く。

確かに知能や理性は年を重ね、勉強することで蓄積されるが、感覚については変化しないと言ってもいいだろう。

私自身をふりかえってみても、好きなものは青少年時代に培われた。その頃の自分と今の自分と、表現の方法論などは変わったが、興味の抱き方は、全く変わっていない。根は同じであり、あの頃にすべてがあったと言ってもいい。

バレエやオペラを観たり聴いたりすることで、私の感覚指数は磨かれ今につながっている。年をとり脳細胞が減ることで知的能力は失われていくとしても、感覚的な部分が、これからの私を豊かにしてくれるだろう。

青少年時代の感覚を磨いてくれるものとして、家庭環境の影響も大きい。

私の父は軍人であったが、もともと絵描き志望で、書斎はアトリエであり、「みずゑ」という絵の雑誌や石膏やカンヴァスであふれていた。

私はそれを子供の頃からながめていたし、病気で寝ていた二年間は、わからなくとも、父の本棚から小説を一冊ずつもちだしては読んでいた。

それが物を書くという今の仕事につながっている。母もひまをみては短歌をつくっていた。

はっきりとした形ではないが、私の中のＤＮＡを育てる役割は果してくれただろう。青少年問題は、単に青少年の問題ではなく、親や先生の問題、いや親や先生が青少年の頃、どんな感覚で、何に興味をもっていたかにつながってくる。

今の子供たちは劃一的でなどという前に、自分が青少年の時どうだったかを考えたい。一人一人個があり、個の表現にそれぞれが考え、挑んでいるのは、自分が青少年だった頃と同じだ。

想像力を持ちたい、今の青少年がわからないという前に、自分の青少年だった頃を考えてみよう。

自分でデザインした制服で登校

子供の頃私は無口で、一見おとなしそうだったが、自分に似合わぬ制服は拒否して、自分でデザインして着ていった。あまりに違うので注意され、自分も納得したが、スカートの襞《ひだ》は基準の制服より多く、シングルの上衣をダブルにして、それ以上はゆずらなかった。当時の先生は、少し変わりものだが、自分なりに考えてのこととして大きく包んでくれた。

私のクラスに、当時茶髪の女子生徒がいた。ビールで染めていたらしいが、目立つので注意を受けたが、卒業までそれで通した。卒業後、彼女は、布花の有名な作家になった。あの頃から研究していたのかもしれない。

私も彼女も少々風変わりでも排除されることはなかった。排除されたら非行に走ったかもしれない。服装が違うから非行に走るのでなく、それを排除されるからそうなるのだということを身をもって知っている。

自己表現の方法がまだわからぬ青少年の時期、まずあらわれるのは服装である。他人と毛色の違うことを大切にしたい、他人と違っていたいというのは個の目覚めである。

その個の目覚めを認め、伸ばしてやること、たとえ、勉強は出来なくとも知能指数は低くとも、個は感性としての自己表現にあらわれる。

感覚指数を大事にし、それを伸ばしてやることで、お互いが違いを認め、勉強の出来る子も、出来ない子も、それぞれが得意な部分で輝けばいい。

そうすれば、知能指数一辺倒でつまはじきされた、青少年の犯罪なども減るのではないか。感覚指数で子供たちをながめ情操を豊かにすることで、殺ばつとした行為から救ってくれるかもしれない。

感覚面から青少年問題を考えてみたいものである。

自然との共生

——軽井沢と都会との呼吸感覚の違い

この夏は、軽井沢の山荘で過ごした。駅から車で十分のところなので、東京や地方の講演の時は、軽井沢から出かけた。

東京駅まで新幹線が出来て、約一時間、日帰りは十分出来る。東京にいるよりも東京に出かける方がいい。

寒さの厳しい真冬はともかく、春から秋まで本拠にすることは可能だ。その手はじめに、今年の夏は出来るだけ長く居るように、東京のマンションは、アメリカから日本へ仕事に来た友人に貸しておいた。そうすれば東京に帰りたくても帰れない。

人間だけが偉いという思い上がり

なぜ軽井沢にいるかといえば、呼吸が楽だからだ。樹々に囲まれていると心も体も安らぐ。扁頭痛持ちの私が、不思議に痛くならない。

野菜や果物が豊富で、物価が安く、生活も楽である。かといって都会育ちにとっては、あまり山奥では過ごせないが、歩いて十分で買い物にも行けるし、友人の家も近くにあって淋しくない。

軽井沢の駅で降りて吸う空気のおいしさ、「あっ、帰ってきた！」とほっとする。東京にいると、自然な呼吸の仕方を忘れてしまう。排気ガスなど充満しているので、深く息をするのが怖く、つい早い呼吸になっている気がする。それが自然の中では、息が深く静かになる。自然のリズムを心も体も取り戻してくるのだ。そのリズムを忘れてしまうところから、様々な環境問題も起こってくる。

もし人間が、自然の一員であり、草木や動物たちとともに暮らし、同じ自然の中で息をしていることがわかっていたら、こんなに環境が悪化することもなかったろう。

人間だけが偉いと思い、自然の一員であることを忘れたことがすべての原因だと思っている。

自然は決して優しいだけではない

東京のマンションは都心にあるが、雨が降っても、風が吹いても、ほとんど音がしない。戸をしめてしまうと全く自然の入り込む余地がない。かすかに車の騒音だけがする。

軽井沢の山荘では、雨の音は容赦なく屋根を打つし、風もガラス戸を揺する。それだけで自然を感じる。最初は少し気になったが、馴れると雨の音は子守唄になり、風の音は、自然のささやきになった。ほんとうに長いこと雨の音や風の声を忘れていたことに、気付かされた。

庭には動物たちがやってくる。リス、様々な小鳥、狐や狸、むささびやてん、そして猿が軍団でやってってくる。

かつては猿は来ることがなかったが、新幹線に伴う碓氷峠の工事で、追われて来るようになったのだ。これも人間の環境破壊かもしれない。

放っておくと、庭は草ぼうぼうになる。その生命力の強さ、紅葉の樹の下には、実《み》生《しょう》の小さな紅葉が無数に出てくる。

名も知らぬ美しい花々、そしてそれがやがて朱や黒の実となる。

裏の山道で、春先、紅紫色の美しい花を見つけた。根ごと掘って庭に植え、やおらあとで植物図鑑を見てみると、「ハシリドコロ」と記されている。説明文を見ると、毒草でこれが手についたり、口に入ったりすると、猛毒のため走りまわるので、この名がついたという。

何も知らずにわざわざ植えていたのだ。

自然は、決して優しいだけではない。厳しくたくましい。知らないと痛い目にあわされることも多い。そんな中から自然を学びとり、自然の一員である自覚が出来てくるのではなかろうか。

日本の文化は自然とともに生きることから出来たのだが、今のように自然を遮断していると、人間の文化も衰退を辿るしかない。

静の旅
——変わりゆく海と空の間に身を置く

旅には動と静がある。

私が動と呼ぶのは、こちらが動きまわって、あちこち訪ね歩く旅。そして、静とは、こちらがじっとしていて、あたりが変化していくのをながめる旅のことである。

若い時は、当然のことながら、じっとしていることが出来ずに歩きまわる。寸暇を惜しんで知らないところへ行ってみる。私自身ずっと動の旅の方が多かった。

旅をいつも仕事のついでに、飛行機までの時間、列車までの時間を利用して、行けるところへ行ってみる。要は駆けまわっていたのである。

年齢とともに好みも変化する

ところがいつの頃からか、それがいやになった。許される時間の中、自分の気に入った場所に行き、身を置いていたい。そして辺りが時間を追って変わりゆく様をながめて感動を憶える様になった。

先日も高知を訪れた際に、少し時間があったので、どこかへ行ってみたいと言うと、地元の人は、桂浜、坂本龍馬記念館、日曜市……と名所を並べてくれたが、食指が動かない。すでに出かけたことがあるせいか、もっと今の気分に合ったところと考えて海辺のガラス張りの喫茶店に海を見に行った。

夕暮れ時、波間に日が沈んで空全体が茜から紫に、そして漆黒の闇となる瞬間。やがて漁火《いさりび》がまたたきはじめるまで、変わりゆく海と空の間に身を潜めていた。

私も、年齢とともに静の旅にもどりつつある。

庄内柿

――強く根を張った庄内女性の心意気

松ヶ岡から柿が送られてきた。

私の目には、一面に大きな掌をひろげた庄内柿の黒々とした枝ぶりが目に浮かぶ。月山《がっさん》の麓、松ヶ岡開墾場の象徴はなんといっても柿畑である。春には桜や菜の花の咲くのどかな風景もあり、秋にはダリアが一面に咲くが、それは柿畑のそえ物でしかない。

力強く根を張って、明治以後、職を失った武士たちをささえた柿と、現在五棟残っている堂々とした蚕室。かつての城の瓦をのせたその蚕室に惚れて、私の蒐集品の藍木綿の筒描《つつが》きの三回目の展示をした。何年ぶりだろう。庶民の美、筒描きはぴったりこの建物に合っていた。

飾りつけの日、私のNHK文化センター青山教室に、はるばる鶴岡から通ってきてくれている関根薫さんが朝早くから手伝いに来た。

私はといえば、直前に軽井沢で左手首を骨折し、ギプスで固めた手を首からつっていた。口で指図は出来るけど、手伝うことは出来ない。

徐々に壁に飾っていき、最後に、月山の見える南側の雨戸を開けた。涼しい風が通りぬけ、柿畑の向こうに夕焼け雲をいただく月山が見えた。

一日仕事で、すべて終わった頃には、夕闇が迫ってきていた。今回は二ヶ月間の展示である。七月と八月、暑いさなかに訪れた人たちが、一瞬爽やかな気持ちになることが出来たら、言うことはない。

限られた中で生まれた藍色の美しさ

藍は日本の色だ。それも庶民の……。江戸時代、布は木綿と麻、色は藍と白しか許されなかった中で美しいものを生んだ。

祝い事には朱を入れたり、鶴亀、松竹梅などおめでたい柄を紺屋《こうや》さん（染屋さん）に頼んで手描きでつくってもらう。この世に二つとない一品だけの祝い布団、のれん、大風呂敷……日用品にも限られた中でせいいっぱい美しいものを生んだ。そのすがすがしいほどの心意気。それは庄内に生きた武士や人々に通じるものだ。

飾り終わって一階のカフェで柿ジュースを飲んだ。爽やかで、友人にも送ろうと決めた。

最後の掃除をして関根さんが降りてきた。小雨が降ってきたので彼女は黒いヘルメットとマントを羽織り、オートバイに乗って帰っていった。彼女の中にも黙って強く根を張った庄内の女性の心意気を見た。

陸の太陽

——自分流の最高の味は、屋久島の「たんかん」

柑橘類が好きだ。陽の光をそのまま写しとったような輝く実の色。さながら陸の太陽だ。青ずんだ黄から、鮮やかなオレンジにいたる様々な色調。色と同様、その味も微妙に違い、千差万別。それを味わい分ける楽しさ。

やはり陽の光の豊富なところでしか、豊潤な味わいは出てこない。

日本の中で最高の味といえば、好きずきはあろうが、私は、屋久島の「たんかん」を推す。

屋久島は強烈な日の光と、一年に三百七十五回雨が降るという位、雨の多い土地柄だ。

その光と水を吸いとった強いオレンジ色は、見るからにおいしそうだ。

屋久島の「たんかん」が出まわる冬場、ふだんはお中元やお歳暮もしない私は、好きな人やお世話になった方々に「たんかん」を送る。この美味なるものをまだ知らない方も多く、たいていは喜ばれる。とれる量が限られて、時期も短いので、市場にはほとんど出まわらないからだ。

柑橘類の個性は人間と同じ

高知の「小夏」も、私の好きなものだ。その名も気に入っているが、青ずんだ黄は、見るからに清新で、小ぶりな大きさ、皮をむいて、身と皮の間の白い部分もともに食べる、冷たくして食べる初夏の味だ。

秋の終わり、伊豆の下田の果樹園に出かけた。海をバックに、様々な種類の柑橘類がなっていた。かけ合わせて新しい味を生み出す苦労……それぞれの木はそれぞれ味が違う。みな個性的で、人間と同じなのだ。

中東のベイルートで食べたオレンジも、日本では味わえないものだった。

その土地、風土の影響を受けて成長する。人間と同じである。柑橘類ほど、個性が豊富な果物も他にない。

「みかんの花が咲いている　思い出の道　丘の道……」

子供の頃唄いながら、みかんの甘い香りを嗅いだ気がした。

柑橘類を抱えて、いつでも手許に太陽を置きたい……ずっとそう思っていた。マンションの居間のモロッコ製の大皿に、我が家では、柑橘類のない日は少ない。それが一つあるだけで明るくなる。

ビールという陽気な友

——旅先で杯を上げる極上の瞬間

ビールというのは、なぜか陽気だ。あの噴き上げる泡のせいかもしれないが、勢いがつく。

旅先で、一人食事をする時などはビールにかぎる。部屋に運ばれた料理を前に、乾杯と杯を上げても、おかしくはない。たいていは乾杯の瞬間だけテレビをつけて、知った顔を見つけて、杯を上げる。こんなこともビールだとばかばかしくならない。

私は日本酒も好きだが、日本酒だと一人で杯を上げても、なんとなくしめっぽくなっていけない。

マンションで夕食の時、夫と妻二人向き合ってビールの杯を上げる。暑い時には、窓を開けていると、向かいのマンションの窓が見える。そこでも夫と妻が夕食中。窓が開いていて、ふと目が合う。そこでこちらの窓からつい「乾杯！」と杯を上げると、向こうの窓でも、つられて「乾杯」。それ以来、夕食時には、お互いにビールの杯を上げ合うようになる。

これなどビールだから出来ることであって、もし他のお酒ならば、なんとなくお互いが照れて、窓をしめてしまうかもしれない。

ビールの陽気さが、二組の夫婦をうちとけさせてくれたといえるだろう。

夏にビールを飲む人が多いというのも、あながち、のどがかわくからという理由だけではないように思う。太陽のぎらつく、解放的な夏には、陽気なビールが似合うのだ。

ドイツでは知らない人もともに乾杯し合う

ほんとうをいうと、ビールは一人で飲む酒ではないだろう。一人であっても乾杯する相手が欲しくなるし、その相手も一人より二人、二人より三人と数が多いほど楽しい。

ドイツのビアホールの楽しさもそこにある。日本では想像も出来ないような大ビアホールが各地にあって、そこで知った人、知らない人、まざりあって上げる杯のうまさ。

ミュンヘンを訪れた時、私はまっさきにビアホールに駆けつけた。そこで知らない人の群れの中にとび込み、ビールを飲み、唄い踊る。大ドームのあるビアホールは、何千人という人を収容する。それでいて決してうるさくはなく、みながそれぞれにビールを楽しみ、仲間に入りたければ踊りの渦に入ればいい。

日頃人みしりの私も、すっかり人の輪にとけ込み、陽気な言葉に合わせて踊り、疲れると席にもどってビールを飲む。適度の運動で発散し、ビールの味が上がる。風に吹かれて、ホテルまで歩いて帰る気分は最高である。

十秒の楽しみ
――今いる場で、自分を生かすことを見つける

ＮＨＫに勤めていた頃、毎日一つの番組が終わると次の番組に追われ、一時期記憶喪失でどうしても思い出すことが出来ない。

その時期が過ぎて一段落すると、これが自分の一生続けるべき仕事かどうか、やはり、もともとの希望である活字の仕事に変わるべきではないかという思いが、頭をもたげる。そう思うと時間に追われ、考えるひまもない現状がむなしく感じられはじめた。

地味でもしこしこと自分で考えて積み上げる仕事がしたい。一生のうち一時期は夢中になる時はなければいけないが、疑問をもちだすと、一見派手に見えるアナウンサ

ーという仕事が、色褪せて見えた。毎日がつまらない。

そんなある日、まだ内幸町にあったＮＨＫに向かって日比谷公園を歩いていた時だった。現状にいくら不満をもっても何も変わりはしない。今いる場所からはじめなければ……、と気付いた。自分の置かれている土台をしっかり見つめなければ次の展開は開けない。一日の大半を過ごしている仕事場、一日では八時間でも、一週間、一ヶ月、一年で何時間になるか、自分の人生の大半を費やしている。その土台をしっかりさせなければ、自分を生かすことは出来ない。

毎日の仕事を見つめてみた。もっとも数多く私が登場するのが、『今晩の番組から』という番組紹介の番組である。大半は番組の紹介で自分を生かすことが出来ないから、気をぬいてやっていた。面白かろうはずがない。

よし、この番組だって、どこか自分を生かす場はあるはずだ。そう思って何度も点検する。すると、最初の十秒間に思いいたった。

印象の強い弱いは、ものを考えているかどうか

よし、この十秒間を自分のものにして楽しんでやろうと決心した。その気になれば、自分の見たこと聞いたこと、お天気、ニュースなんでもあいさつになる。

「今朝、日比谷公園を歩いてきましたら、サルビアの朱がすっかり深くなっていました」

「小春日和のことを欧米では、老婦人の夏というそうです。おだやかな日ざしがひろがっています」

などなど、二度と同じことは言わない。たった十秒の中で、俳句をつくるようなつもりで言葉を厳選する。そのことが書き言葉にもつながるかもしれないと考えた。

毎日違うことを探すのは決して楽ではない。

道を歩いても何かないかと注意を払う。新聞を見てもネタがないかと探す。その目は生き生きしてくる。さらに十秒にまとめるため、考えて頭を使う。言葉に敏感になる。

あの人のあいさつはどこか違うと見ている人は感じてくれた。人の印象とはそういうことだ。印象の強い弱いはその人がものを考えているかどうかに左右される。

十秒の楽しみを見つけることで、私の人生は一八〇度変わった。今いる場で自分を生かすことを見つけ、それが物書きの土台をつくった。次のステップを考えるなら、今いる場で生き生きした自分をつくること。逃げないで土台を見つめたい。

どんな仕事にもその気になれば、十秒の楽しみは見つかるはずなのだ。

子育てと個育て

——他人と違う感覚を受け入れてくれた母校の懐の深さ

四年前からフランス語を習っている。エッフェル塔の麓にあるパリの日本文化会館で、私の蒐集品である「藍木綿の筒描き展」が開かれ、そこで講演するために大学時代好きだったフランス語であいさつくらいしようと思ったからだ。最初は好調で意外とよく憶えていると思ったのだが、馴れるにしたがって難しいことが判明してきた。そこで展覧会以後もフランス人男性のローラン先生に頼んで半分は日本語で、日本とフランスの教育について話した。先生の話が無性に面白く、結局日本語ばかり使う羽目になってしまった。

ちょうど『家族という病』の続編『家族という病2』が出来るのにその話は役立っ

た。

「日本は子供っぽい」と先生は言う。いつまでも面倒見がよく、家庭での躾を経て学校に行くようになっても、先生方が手を取り足を取って教えないと父兄が不満を言う。いつまでたっても個として自立出来ない。

フランスでは厳しく躾けながら個を育てる

フランスでは、五、六歳までは家庭で厳しく社会に出て困らぬよう躾ける。小さい子は動物と同じ、きちんと人間にするためには厳しく叱るし、時にはお尻を叩くことだってある。そのかわり学校に行くようになったら本人次第。先生方も誰にでもていねいに教えないから、出来る子はどんどん伸びるし、駄目な子は落ちこぼれる。その中で自分に気付いて這い上がらねばならない。自分次第なのだ。その中から自分で考え、個が育ってくる。教育とは個育てなのだ。

そう思って私の少女時代を振り返ってみると、胸の中にいつももやもやと自己が育ちつつあり、それをどこに表現していいのやら手段が見つからず、ウツウツとしていた。中学時代、女子ばかりだったのでおしゃれに凝ることが多かった。学校では黒の靴下と決められているのに、肌色の絹の靴下をはいてみたり、セーラー服の上衣の裾をしぼってネクタイを長目に結ぶ。

先生から注意を受ける少女たちの先頭に立って、私はささやかなおしゃれが小さな自己表現の手段なのだと訴えた。

おしゃれは、女の子にとっても男の子にとっても、もっとも初歩的な身近な自己表現なのだということを先生方にわかって欲しかった。

先生の危惧は、服装が乱れると不良になるということだったが、私は納得出来なかった。私に言わせれば、ちょっと他の子と違う恰好をしているからといって、注意だけでなく罰則を課し、それでも言うことをきかなければ停学処分や学校から追放する、そうやってその子たちを締め出し、行き場をなくしてしまうから不良の道に走らざるを得なくなるのだ。

服装の乱れが不良につながるのではなく、異端となるものを除外してしまうから行き場所がなくなるのだ。もっと大きく包容してあげることは出来ないのか。そうすれば彼女たちの居場所は確保出来る。自分で気が付くこともあるだろう。

私の場合、女子だけに飽きたらず高校は大阪府立の大手前高校という進学校に進んだ。当時、父の転勤で大阪に住んでいたのだ。

その学校は男女を問わず、優秀な子ばかりで、文科系は得意だが理数系がまるで出来ない私は息がつまりそうだった。制服があるのだが、それがダサくてとても着て通う気になれない。

自分でデザインしたセーラー風のものを着て行ったらすぐ呼び出されて注意された。叱るのではなく「あまり目立ちすぎるから少しなんとかしろ」というものだった。

そこで上衣のシングルをダブルの丈の短いものに、スカートの襞も一つなのを数を多目にしたものに変えた。遠目にはみんなと同じ紺色だから先生も容認し、以後何も言われなくなった。

異端こそ個性の芽

先生は私を少し変わった子だと思っただろうが、大きな範囲で容認してくれた。みんなと同じことを強要されたり、言うことをきかなければ疎外されていたら、私は確実に不良になっていた。居場所がなくなったらそれしか方法がない。

今あの時の先生方に心から感謝する。未熟な個育てを押しつぶすのではなく、大きく包み込んでもらえたから今がある。その後、大学を出て少しは名を知られるようになったのは、高校のクラスで私ともう一人、山上るいさんがいる。茶髪に染めた髪で卒業までがんばった。

彼女はニューヨーク等で個展を開き、「関西の飯田深雪」と称される布花の大家になった。若くしてガンで亡くなったが、あの頃から様々試みていたのに違いない。異端なものほど個性の芽なのだ。

今の教育はどうだろう。お母さんたちは子供に言う。

「みんなと同じにしなさい。そうしないといじめに遭うから」

個性をなくせというのと同じだ。先生方も変わった子を疎外していないか。他と違うものを個性という。同じものを個性とはいわない。

もっとゆとりを持って一人一人の個を大きく包み込んで欲しい。その中から様々な芽が出てくる。

フランス語の先生は言う。

「フランスでは子供を型にはめようとはせず、一人の個と認め、そのかわり自分で責任を持たせる。日本は面倒見がよすぎて個が育たない」……と。

親は子を、子は親を知っているか

――個として認め合うために

最近、テレビや新聞に出ている事件を見ていて驚くことがある。なぜ親子のトラブルが絶えないのか。トラブルなどという段階ではなく殺人事件に至ることも少なくない。

殺人事件は、ずっと減少傾向にあるというが、唯一増え続けているのが親子間の事件であるという。

私は最近『家族という病』を上梓したところ、本人の私があれよあれよという間にベストセラーになり、六十万部を突破した。

執筆段階では、親子間の殺人がもっとも多いとは知らなかったのだが、私の予想よりも現実の方がはるかに先を行っていたことに気付かされた。

親子のトラブルが絶えない

なぜこんなに親子間の問題がのっぴきならぬところまできているのか。それは親子という宿命、逃れることの出来ぬ結びつきにあるのは明白である。

かつての日本は儒教的教育が行き渡り、孝行という文字が教科書に躍っていた。戦後はそのたがが外れて今まで押さえつけていたものが噴出しただけでもともと芽はあったのだ。無理矢理押さえつけたものがむくむくと頭をもたげ、それまでのストレスが爆発した。特に三・一一以後、絆という言葉が流行り、親子の絆、家族の絆などなどそれがもっとも美しいこと、大切なことかのごとき幻想がはびこった。

その反動は必ずある。親子、家族の愛情ほど深いものはない。家族は仲よくなければならないという錯覚で自分をしばってしまう。家族団らんなどが、テレビドラマやＣＭのほとんどのテーマになっている。

実は家族ほどめんどうでしんどいものはないのに、その現実に目をつぶろうとする。

私は放送の仕事から物書きになったが、事件の取材に行くたびに不思議だったことは、マイクを向けられたご近所の人々が、「どうしてこんな静かな住宅地に、あんな事件が起きるんでしょう」「今まであり得なかったことです。信じられません」という反応を示すことである。

自分の家や、それを囲む地域には起きることなどないと信じている事実に私は驚かされる。

事件はいつどこで起きても不思議ではない。特に親子や家族間の事件は、あなたの家にも私の家にも起きて当然……という想像力を持つことが大切だ。人と人がいる限り争い事や意見の違いは存在する。

もっとも知っているようで知らないのが家族

特に家族間では、親と子の間ではすべてわかりあっていると思い込んでいるから始末が悪い。

実はもっとも知っているようで知らないのが家族なのだ。他人なら例えば友だち、知人とつきあう時は客観的に観察し理解しようと努力する。ところが、家族間では理より情が先に立って、わかっているものと思っているから努力しようとしない。その結果、誤解がたまりたまってある日爆発する。長い間計画した事件もあるが、突発的な感情がほとばしって事件に至ることもある。

我が家でも戦後、軍人だった父が公職追放になり、何をやってもうまくいかずイライラがつのっていた時に、ちょうど中学生の反抗期だった兄と何かにつけ意見が衝突し、あわやという場面を私は見ている。

小学生だった私が帰宅してみると、座敷で大声でどなりあう声がし、そっと襖をあけてみると男二人がとっくみ合いのけんかをしていた。母はおろおろとそのまわりをめぐり、二人を分けようとするが、「おまえは黙っていろ！」と父の平手打ちを受けて耳の鼓膜が破れてしまった。

怖かった。何がきっかけかは知らないが二人の男は本気である。日頃からのうっ屈がたまりたまった結果だと思う。そばに凶器がなかったのが救いだった。あったとしたら殺人までいかずとも事件は起きていたであろう。

間もなく兄は東京の祖父母の許に預けられ、父と顔を合わすことがなくなって事なきを得た。だから私は、いつどこで親子間の事件が起きても不思議はない、むしろ当然だとさえ思う。

なぜなら親子間の確執はあるのが当然だからだ。子は成長するにつれ親と衝突するようになる。成長とは何かというと、自分の目の前にある権威を一つずつ乗り越えることだからだ。まず一番身近にある権威が親である。それと闘ってそれを乗り越える。学校の権威は先生だ。会社なら上司ということになろうか。

社会に存在する大人への反発、それを一般的に反抗期という。反抗期のない子供が増えているというが、こんなに気持ちの悪いことはない。尊敬する人に、父や母をあげるのも私には不思議でしかたない。一番身近な大人に疑問を持ち反発することから自我が目覚め、親に管理された子供時代にさよならして自分でものを考え、自分で判断出来る大人になっていく。個の目覚めと呼んでもいい。

個の目覚めを阻害する日本的な親

それを阻害しているのが、日本的な親の存在だ。愛情の名の下に、いつまでも手許におきたがる。独立を妨げ一緒に仲よくあるのが美徳だと思っている。動物など自然界では、ある程度乳離れしたら、獲物をとることを教え、自分の下から追放する。子供は一人で生きていかねばならない。

獅子は成長したら子供を崖からつき落とすともいわれる。人間、特に日本の子供は家族の名の下にいつまでもべたべたとくっついている。多くの場合親の責任なのだ。心から子供のことを思えば、早く自分の許からつき放すべきなのだ（病気や障害など特別な場合を除いて）。

子は親をあてにし、親は老後子供をあてにする。もっとお互いに個として認め合わなければならない。

父、母、子供という役割を演じるのではなく、それぞれの違いを認め、個として独立することが大切だ。そのために、人間としてのお互いをよく知ること。私は父、母、兄を亡くしてのち、彼らが何を考え何をして生きていたのかをあまりに知らなかったことに愕然とした。

あなたは、あなたの子供を知っていますか。あなたの親のことがわかっていますか。

家族をもう一度見直してみてはいかがだろうか。

第四章

心地よい暮らし

ほんとうに自分の好きなものだけで暮らす

木との語らい

——一本の樫の木に一目惚れした日

広尾のマンションに住んでいる。ここを買うと決めたのは、一本の樫の木であった。まだ建築中の頃、ヘルメットをかぶらされて、鉄骨の見える足場に気をつけながらべランダに立った私は、目の前にひろがる緑の大木に一目惚れして、すぐさま買うことを決めたのだった。

東南に向いたベランダの手の届きそうなすぐ先にその木はあった。木の下は、夏の日射しをさえぎって、涼しげな陰をつくり、なだらかな坂に沿って、小径が続いている。都会の真中にこんな空間があることは、なんという幸せだろう。

そこは国の施設で、大木が切られることは、ほぼないだろうということだった。

大都会での鳥たちのさえずり

リビングルームのソファーに腰かけると、目前にその緑が見える。マンションの敷地内にある欅《けやき》の木も大分大きくなって、樫の木のまわりに、守るように立っている。時々は、ここで遊ぶ子供たちの声も聞こえ、鳥たちもあちこちの枝で一日中さえずっている。尾長、きじ鳩、ひよどり、むくどりなどなど。私は仕事に疲れると、双眼鏡を持ち出して枝の先や、葉の重なりの間をたんねんにながめる。

鳥の姿を見るためだ。時には鳥のかわりに小さな虫の姿を見つけることもある。鴉が数羽で遊んでいる。恋のシーズンには、その声が賑やかだ。

春先、まだ若芽の出る前のある日、朝早く鶯の声を聞いた。

こんなところで鶯が鳴くはずがないと思うのだが、確かに鳴いている。誰かがいたずらで録音テープでもと思うのだが、それにしては手が込んでいる。結局、双眼鏡であちこち探したあげく、鶯らしき姿を目にした。

大きな木があって緑があれば、都心であっても鶯は来る。古来、広尾や麻布の界隈は鶯の通り道であったという。

冬になると、葉を落とした枝々の間から、教会のタワーの灯が見える。白一色の品のいい輝きは、夏の間緑にさえぎられているが、葉が落ちると、その存在を主張する。左手に見える東京タワーと対になって、夜を楽しく演出してくれる。

六本木のマンションも同じだった。ベランダの目の前が大使館の邸で、庭の大木の緑が、ソファーに腰かけたちょうど目の前に見えた。

その緑を見たとたん、買うと決めたのだった。私にとって家をかわる時は、木が決め手なのだ。

年輪を経た木の美しさ

年輪を経た大きな木はどんなに美しく、大切なものか。屋久島で見た縄文杉や弥生杉の胴まわり。そして中国山地の智頭《ちず》の山林の中で見た慶長杉の丈……見ているだけで、打たれるものがある。

誰もいないところでその木と対していると、霊気がひたひたとしのびよるのを感じてしまう。

神社の御神体が木ということも多い。

熱海に来宮というところがあり、來の宮神社が古くからある。来の宮は木の宮であり、そもそもは木を祭ることにはじまったという。

その木は楠であり、夢のおつげで植えられたものなのだ。五、六本の大木があったが、現在残るのは一本のみ。その前に立つと、なんともいえぬ神々しさに打たれる。落雷で折れた枝のあとからは、宿木が芽を吹き、楠とは違う命を育てている。まっすぐに伸びた幹の頂きは、葉に隠されて仰ぎ見ることは出来ない。

参拝の人々は、この木の前で手を合わせ、賽銭箱に小銭を入れる。木陰で弁当をひらく人、子供たちが、木のまわりで鬼ごっこをはじめる。

宮司さんの話だと、その根はひろく伸びて、しっかりと張っている。

木には魂があり、霊が宿る

雨あがりの夕刻、この楠の前を一人で訪れた人は、木の股に腰かけた、天狗の姿を見ることがあるという。それはまことしやかに言い伝えられ、その幻影を見る人はいるらしい。

木魂《こだま》というように、木には魂があり、霊が宿るということなのだろう。

一本の木がどんなに沢山の者たちの心を安らげ、快適な暮らしを与えてくれることか。

今の日本人は、それを忘れている。日本は雨が多いので、何もしないでも緑が生え、木が育つと思っている。だから緑や木を大切にしない。緑や木に関して鈍感で、なくなるまでわからない。

私は、かつて半年間エジプトのカイロに住んだことがあるが、砂漠の民は、実に緑や木を大切にする。彼らが「エデンの園」と呼ぶところに連れていかれて、日本人の目から見たら、単なる疎林であるのに驚かされた。水が湧き、木が茂っているだけで「エデンの園」と思えるほどの厳しい気候なのだ。コーランの天国の描写を見ると「泉が湧き、木陰があり、そこに美女がはべる」といったことが書かれている。

天国とは、木と緑、水があるところなのだ。したがって木や緑を大切にし、一本の木を切ることは一本の腕を切ることに等しいほどの罪なのである。

日本の郊外に出かけて、木々と緑、水の流れを見たら、アラブの人々はみな天国と思うかもしれない。

日本では、まだまだ感覚的に木の大切さ、緑の必要に気付いていないのではなかろうか。緑といえば、ゴルフ場の芝のように、緑色をしたものと単に思っているふしがある。

ほんとうの緑とは、豊潤な土壌に培われてはぐくまれるものだ。木は何年も何年もかかって、やっと大木に成長する。それを忘れているのではなかろうか。

年輪という言葉は、木からきたものだ。木には一年一年の歩みが、木の一生が刻み込まれている。それは人間の一生と同じなのだ。と考えると木を切ることは、人間の命を奪うことと同じ。大切に育てて、年輪を増し、寿命を全うさせてやることこそ大切なのだとわかってくる。

木が身近にあることは、そのことをいつも思い起こさせてくれる。今も、原稿を書く手を休めると、窓の外に樫の大木が見え、私はほっとするのだ。

私の住宅観
——リビングルームは、生き方が一番あらわれる場所

家は、その人の顔である。玄関を一歩入ると、どんな暮らしをしているか、住んでいるのがどんな人かわかってしまう。

同じマンションの同じ間取りの家でも、住む人によって全く変わる。それが個性であり、楽しみでもある。一つの空間をどう自分なりに使いこなすか。リビングルームなど、そのいい例だ。

ｌｉｖｅとは生きる、住む、暮らすという意味。リビングルームは、その人の生き方、暮らし方が一番あらわれる場所である。

その家の家族構成、行動半径、趣味、考え方によって、空間をどう使おうと自在な

はずであるが、なぜだか決まりきった家が多い。片方にダイニング・セット、もう片方に応接セットとモデルルームそっくりに置かれている。

パターンではなく、生き方に合わせる

なぜパターンに合わせるのだろう。何かに合わせて家具を選び、その家具に合わせて暮らすなど全く逆である。

自分たちの暮らし方、生き方があって、それに合わせて家具を選ぶべきではないだろうか。

例えば四人家族なら、リビングの四つのコーナーをそれぞれが使い、真中に大きなテーブルを一つ配したっていい。出来るだけ空間を大きくして、みんなが楽しく使いこなせる場所でありたい。

ある建築家の話だと、リビングルームを使いこなしている家は、日本では少ないという。元来、外国からきたものなのだから、まだ身につかないせいもあろう。

だが、茶の間は昔からあった。茶の間とお座敷が一緒になったと思えば、近しい存在になるはずだ。

さて、そのリビングルームの家具であるが、お金をかけて、カリンの家具でそろえましたとか、イタリーの家具にしたとかいうが、私はあまり好きではない。

同じ家具で統一すれば、調和するのは当然で、自分の工夫の余地がない。

その家具に決めたのは自分でも、みな同じ素材で統一するのだから、いわばお仕着せである。

私は、私という人間がいて、私という色で統一したい。私自身の生き方、暮らし方さえあれば、家具など統一されていなくとも、私らしい住まいになるはずだ。

というわけで、我が家はイギリスのダイニングテーブルと椅子《いす》、スウェーデンの食器棚、ソファーはアメリカのパターンをまねた日本製、テーブルはイタリーのセールで買った傷もの。そして、日本の古い箪笥が、小さいのと大きいのが、分けて置いてある。

家具そのものは、バラバラだが、不思議に調和していると、訪れる人は言ってくださる。そうだとすると、私という人間がいて、その私が中心となり、好きなものを集めて、私の色で統一しているので、自然に雰囲気が出来上がっているのだろう。

ほんとうに自分が好きなものだけでいい

全く違うものを組み合わせることは、工夫もあり楽しみもあって飽きない。これがもし、全部同じ家具でそろえたりしたら、いつまでも借りもので、自分の家のような気がしないのではなかろうか。

今まであるものを大事にしよう。なんでも捨てて、新しくそろえるのではなく、好きで買ったものをどう生かしていくか、新しい住まいになっても、必ず使える場所はあるものだ。パターンに合わせず、自分の空間を演出しよう。

そうすれば、ものを大切にするし、自然に買い方も違ってくる。安いからといって買うのではなく、ほんとうに自分の好きなものだけを買うようになる。

それらをどう生かし、どう使いこなせるかは、その人の腕にかかってくる。そう考えれば腕のふるいようは、いくらでもあるはずなのだ。

私の贅沢

――簡素な暮らしがしたい

身のまわりの整理をしながら、なんといらないものが多いのかと思う。もうものはいらない。街へ出れば、これでもかこれでもかと様々な意匠を凝らしたものに出会う。年末年始には、チャイムが鳴ると、ものが届けられる。お歳暮、カレンダー、日記帳、手帳、年始の品……思わず逃げ出したくなる。

なんと贅沢な……とも思う。戦中戦後のもののない時代を知る身には、もののあり余るのを嘆くのは、贅沢に思えはするが、このものの氾濫は疲れるばかり。何か一つ買えば包装紙、ケース、リボン、説明書などなどまたたくうちにゴミの山。これが果して贅沢だろうか。

いらないものは捨てればいいと言われても、ものの命を考えると捨て切れず、ものが増え、いらいらはたまるばかり。

つくづく、簡素な暮らしがしたいと思う。ほんとうに好きなものだけに囲まれて、ひっそりと暮らしたい。無用のものたちに邪魔をされずに。

ほんとうに好きなものとは何か。例えば、今一番贅沢な時間といえば、夕刻、気に入りの揺り椅子に座って、猫を抱き、暮れなずむ空に目をやる。薄暮《はくぼ》から闇に変わる間を私はこよなく愛している。とりわけ都会の夕暮れ、ビルの窓に灯がともり、東京タワーが輝きはじめ、徐々に明るさを増していく。背後では好きなオペラのアリアや、ヴァイオリンのソナタが奏でられていればいい。それだけで十分に幸せで、贅沢な気分になる。

欲をいえば、壁に一点、アンリ・ルソーの本物の絵がかかっていて欲しい。それはかなえられそうにはないが、好きな画家の絵なら、大枚はたいても一つだけ本物の絵が欲しい。あとは何もなくていい。

日常からふと足を離している瞬間、それが私には最高の贅沢なのだ。心を遊ばせると、私はとたんに幸せになる。目先に追われ、忙しさの中に埋まっていると、息苦しい。

普段使いの食器こそいいものを

だから、毎日の暮らしの中にも、心を遊ばせる時間を組み入れる。例えば旅を日常にする。旅とは日常から離れることなのだが、物理的に旅をしなくとも、いながらにして旅をする。

毎日使っている御飯茶碗、茶呑み茶碗、箸、皿、すべて旅先で買ってきた。ほんとうに好きなものばかりだ。淡い白に黄の色が入ったこっぽりした茶呑み茶碗は、島根県の宍道湖《しんじこ》のほとりにある布志名《ふじな》焼の船木さんの窯で求めたもの。あの日、ひろい窓ガラス一面に宍道湖が波立っていた。あんなに暗く激しい宍道湖を見たのははじめてだった。

その茶碗を両手にはさむ時、私の目には、あの時の波が見える。その淋しい風景の中で、一点、淡い白に黄の茶碗がどんなに優しく思えたことだろう。私は一瞬、現実から足を離して、心を遊ばせる。

御飯茶碗は、萩の網目で、それを求めた店の外には、夏みかんの鮮やかな色があった。ようやく手になじんで、色も落ち着き、変化してきたのに、手伝いに来ていた人がうっかり割ってしまった。仕方なく、ありものの茶碗で食べていたが、そのたびに不愉快になる。気に入らないものを使っていると心楽しまない。それに思い浮かぶ風景も人の顔もない。やっと最近、会津の本郷焼の富三窯で、手描きの白に藍の薄手の茶碗を見つけた。高台が少し高めで形がゆったり優しく、すっかり気に入った。ほんとうに納得出来るものしかつくらないという頑固な富三さんの顔が浮かぶ。おかげでやっと食事がおいしくなった。

自分の気に入ったものにめぐりあうことは、なかなかない。そのかわり、これと思ったら高くても買う。そして日常に使う。いつも好きなものを使っていれば、心楽しく、大切に扱う。

ふだん使いだからこそいいものを使おう。どうでもいいものを使っていると、扱いも乱暴になり、使い捨てることになる。たとえ割れても、欠けてもいいではないか。

高いものいいものだから、箱の中に入れてしまっておくのではなんにもならない。

毎日の暮らしの中で、ほんとうに好きなものだけを選んで使う。目に触れ、手で触ることによって、ほんとうに快いもの、美しいものが見えてくる。焼物などは、使うことによって、手を触れることで艶を増してくる。

箱書きを大切にしたり、箱に傷つかぬようにしまっておくというのは、多分お金に換算して考えるからだろう。これはいくらした高いものだから……と。

お金に換算出来ない、ほんとうに美しいもの

なんでもお金に換算する癖は、日本中にはびこっている。美術品ですら投資の対象となり、ほんとうに好きとか、美しいとかでは見られない。経済効率一辺倒の価値観しかなくなってしまった。もうかるもの、経済効率のよいものばかり大事にしているうちに、ほんとうに美しいもの、いいものを見る目が失われてしまった。経済効率と、美とは本来相反するもので、日本人が経済効率を追い求め、その中に生活が組み込まれてしまっているから、美しいものを見る目はどんどん失われていく。

かつて庶民は、ほんとうに美しいものを知っていた。私はひと頃、古い筒描《つつが》きの布を蒐《あつ》めたことがあった。今も屏風に表装したものやタピストリーとして使い、布のまま、簞笥に二棹ほどあるが、筒描きのどこに惹かれたかといえば、その簡素でエネルギーあふれる美しさだった。

江戸時代まで、庶民は、布は木綿と麻、色は藍と白、祝い事の時だけ朱が許されていた。絹や鮮やかな色、金銀などは使ってはならなかった。

限られた色と布の中で、あらゆる模様を描き、少しでも美しいものを表現しようとするその心意気が一つ一つの筒描きにはあふれている。津軽に残るこぎん刺しのあらゆる幾何学模様も、麻布と白と藍のみがつくりあげた世界だ。だからこそ見るものを感動させる。

ものがあれば贅沢なのではない。材料が豊富で恵まれていれば、いいものがつくれるわけではない。

ものはあふれているのに、欲しいものがない

今、ものの氾濫の中にいて、ほんとうに気に入ったものを見つけるのは難しい。どうしてこんなに沢山あふれているのに、欲しいものがないのか不思議になる。探しあぐねて、疲れ果て、ついに買うのをやめる。

ものが豊富な東京ほどひどい。「ちょっといいわね」というものはいくらでもあるが、ほんとうにいいものはなかなかない。むしろ、地方に出かけた折に、おやと思うものに出会うことが多く、最近東京であまりものを買わなくなった。

同じものでも、地方で実際につくっている人に会い、話をして買うと、ものが生きてくる。一つのものを通して、つくり手の顔や、あたりの風景が見えてくる。

命が感じられるものだけに囲まれて暮らしたい。それこそ私にとってほんとうの贅沢な暮らしだ。そのためには、いらないものが多すぎる。そうしたものたちをどうしたらいいのか。切り捨てることは簡単だが、少しでもどこかで生かすことが出来ないものか。

我が家を訪れた人は、無駄なものが少なく空間がひろくて居心地がいいと言ってくださるが、私にしたらまだまだいらないものに囲まれすぎている。

どうしたら私の思う簡素な暮らし方に近づけるか、整理の手を休めて、途方にくれている。

身辺整理

——何を捨てて何を生かすか、決断の時

一年に一回、仕事部屋を整理する。いつもは掃除をしてくれるお手伝いさんにも、仕事部屋は触らせない。一枚の原稿用紙、一冊の本が見えなくなっても仕事にさしつかえる。私にしかわからない空間だから、資料は積み上がっているし、本は触れなば落ちん風情である。

自分でもどこに何があるかわからぬ位なのだが、不思議に必要なものは出てくる。しかしいったん他人がいじるともう何がなんだかわからなくなる。従って誰もそこに入りたがらない。

一年に一回だけその空間を私が片付け出すと、みなはどうしたのかと目を丸くする。

たまにやってきたつれあいの姪などは言う。

「おばちゃま、大丈夫？」

そしてつれあいにそっと言ったという。

「整理しだすと、残りの時間が少ないっていうわよ」

要は死が近いのではと心配してくれたらしい。それ位私は、掃除や整理が苦手なのだ。

だが散らかるにも限度がある。一年に一度はけじめをつけないともはや手がつけられない。

先日、ピアニストであり文筆家である知人の家を訪れた。彼女の部屋は本と資料と衣装と真中のグランドピアノの上にも本が積み重なっている。もう芸術的といっていい散らかりようで、私は足許にも及ばない。上には上があるものだと、尊敬までしてしまった。彼女はきっと、何がどこにあり、何枚目に何が書いてあるかわかっているに違いない。彼女には彼女のやり方があるに違いないからだ。

身辺整理は気持ちの整理

私に関していえば、一年に一回整理をするにはわけがある。身辺整理をすることで、気持ちの整理が出来るからだ。気持ちの整理は、文字通り身辺の整理をすることでつけることが出来る。

だが言うはやすく行うはかたく、一年のほこりと垢の中で格闘がはじまる。一年の間に買ったり読んだりもらった本を一冊ずつながめ、一つは北海道にある北の本箱行きと、売るためのもの、そして自宅に残しておくものと三つに分ける。

資料はテーマごとに同じ袋に入れる。手紙類は残すものと捨てるものにわける。マスクをしてほこりを払い、雑巾でぬぐい、きれいになるのに二、三日はかかる。

不思議なことに、手のつけられなかったものがきちんと整えられていくにつれて、私の気持ちも爽やかになってくる。

すっかり整理が出来た机の前に座った時の気持ちよさ、しかしいささか心もとなくもある。あっという間に書類が積み上がってくるのだから、一瞬の間のようなものだ。

私の仕事机は、父が書斎で使っていた古い大きなもので、人一人が寝られる位ある。その机の上に隙間などなかったのが、すっきりと、ものは収まるところに収まって、手紙を書こうが、本を読もうが、何もない空間がひろがっている。

そこで私はおもむろに手帳をとり出す。新年度の計画を書き入れていく。今年出す本の予定、そのための準備期間、取材日数……整理をしている最中にすでにやった仕事の資料や本を見ている。それを片付けて、やっと次に向かえる。今年は何でいこうか。年のはじめから考え続けている。去年の続きの年もあるし、新しい挑戦をはじめる年もある。去年からまだ手のついていないものの資料袋をとり出す。一枚一枚読んでみて、もう少し間をおいた方がいいか、どうしても今年やるべきかを決める。その取捨選択がなかなかに難しい。何を捨てて何を生かすか。とりわけ何を捨てるかが難しい。

「切る」ことで、いらないものが見えてくる

仕事の場は苛酷だ。甘えは許されない。心を残しながら切らねばならぬものもある。仕事というのは、切るものは切る非情さも必要になる。

自分の企画したり書いたりしたものを切るのは辛い。しかし「自分の」という思いを捨てて、客観的に見ると、いらないものの余分なものが見えてくる。

甘えを切り捨て大事なものをとる。そのための決断は自分自身がする。他人によく思われたいと八方美人になったり、他人がどう思うかと気にしてばかりいると決断は出来ない。気持ちの整理とは、決断することなのだ。

消費者という汚名

——ものにも命がある。使う人によって又生きる

毎日山のようなゴミをかかえてマンションのゴミ置場へ行く。どうしてこんなに捨てなければならないのかといやになりながら……。

私の場合、仕事柄、郵便物やDM、書類など紙のものが多い。次がスーパーなどの包装に使われるプラスチック製品。その無駄なこと。電気製品やら家具やらは肩身が狭そうに隅に置かれている。私のいるマンションでは粗大ゴミはお金を払って処理しなければならない。当然といえば当然だが、ゴミを出すのも楽じゃない。

私はもうほとほと捨てる生活に飽きている。多分私だけではないだろう。多くの消費者がそう思っているはずだ。まだ使える、使いたいと思って直してもらおうとして

も、すぐに新製品が出て、部品がない。それでも直したいと思うと、かえって割高になり、いやでも新しいものと買いかえなければならない。

メーカー側ではそれでなければ売れないのだろうけれど、そのたびに無用のゴミが増える。シンプルなものが減って新製品は機能が複雑になっている。お年寄りなど、とても使えないものや、表示が外国語だけのものも多い。

ものを大切に出来ない社会の中で

こうした消費生活の中に組みこまれていると、いくら「ものを大切に」と言ってみたところで空しい。

私たちはかつて「ものを大切に」「もったいないから」という教えを受けて育った。それはものにも命がある教えだったと思う。ものは単なるものではなく、つくった人、考えた人の心が生き、使う人によって生きてくるのだと。

いつから私たちは消費一辺倒の生活に馴染んでしまったのだろう。消費者という名前からしておかしい。消費という言葉には、消し費やす、すなわち、捨て去る意味が含まれている。これからの時代は、この「消費者」という名前からして変えなければならない。

なぜなら、もはや消費では、この世界はなりゆかなくなってくるからだ。限りある資源の中で、少しでも長く人類が、いや地球が生き延びるためには、いやでも、再びものを大切に、つくられたものの命を少しでも引き延ばして行くしか方法がない。環境問題に少しでも関心のある人なら、その辺のことは当然気がつくはずだ。

ゴミ一つとっても、もはや東京のゴミ捨場はあと少ししか持たないといわれているし、特に燃えないゴミや粗大ゴミにはお手上げなのだ。電気製品も、出来るだけ寿命を長く、捨てないで使う方向に行かざるを得ない。

東京湾のゴミ捨場を見たことがおありだろうか。東京都内で一番高い山は、今では東京湾にそびえるゴミの山なのだ。それがニョキニョキとそびえ立つ異様な風景。

そのゴミを出しているのが私たち消費者である。

使い捨ての生活をやめたい

最近は家庭の主婦も環境問題やリサイクルにたずさわる人が増えた。生活者の立場から一番身近なゴミなどを通して、いかに無駄が多すぎるかを知ってきている。

いつまでも使い捨ての生活ではいけない。もう私たちは、捨てることに飽き飽きしている。捨てないで大切に使う生活をしたいとどこかで願っている。子や孫の代まで地球を守るためにも、今が価値観の変わり目だと私は思う。

消費者はそんなに馬鹿ではない。もう消費者という汚名を返上したいものだ。

趣味と仕事の間
――趣味が高じて骨董店を開く

五年前まで、赤坂で小さな骨董店をやっていた。大学時代の友人の持ちビルの一階角の庭つきの空間が気に入った。ものを売る仕事など不得意なのに、趣味で蒐《あつ》めた焼物やぬり物を並べて、暮らしの提案などしてみたかった。

趣味だからこそ、私の美意識を総動員して楽しんで飾りつける。面白かった。道ゆく人も足を止めてくれた。知人の骨董商に教えを乞うて、値をつけた。私の好きなものから売れていく。

「え？　あれ売れちゃったの」

とがっかりする。プロの知人は「自分の好きなものを買っていただいたと喜ばなくちゃ」と言うが、達観出来ない。プロとアマの違いである。

そんな具合だから、当然家賃や人件費を払うと赤字である。本業は別にあるから、店にいてもらう女性が必要である。

「趣味なんだから赤字は当然だよ」

と骨董好きの友人が言った。趣味はお金を出してやるもの。ゴルフだろうと乗馬だろうとなんでもお金がかかる。同じことだと言うのだ。言われてみればその通り。趣味の店ならば、出費があって当たり前、私自身が楽しんでいるのだから。そこがプロとアマの違いなのだ。プロとして骨董を扱うのはそんな甘いものではない。

骨董が好きで蒐めているといってもあくまで趣味なのである。店を開いてみて身にしみてわかった。

「これは趣味だから」というういいわけもある。趣味だからこそ真剣にやるべきなのに趣味だからいいかげんになる。これが仕事ならば、私だって必死になって赤字にならぬようがんばるだろう。忙しくとも市に出かけ、品揃えに気を配り店にいるようにするだろう。

プロとアマは違うのだ。私のはしょせん素人のお遊びにすぎない。

五年ほど続けたのち、いいかげんにはやりたくないので、知人の骨董商にあとを任せて、やめることにした。いい勉強になった。趣味でお金を少しでもかせごうなどとはとんでもないことだと悟らされた。

それ以後は、私の蒐集品を見てもらう時は、すべてただにした。

旧家で藍木綿の筒描きの展覧会を開く

三十年ほど前から藍木綿の筒描きを蒐集している。江戸、明治、大正、昭和の初期頃まで、紺屋《こうや》の職人が腕によりをかけてつくった祝布団、のれん、大風呂敷など、糊伏せをして絵を描く見事なものである。日本国中にあったものだが、戦後外国人によってその美が見直された。素朴で、雄大な美にひかれ、百枚近く蒐めた。

今では骨董屋ですら見かけることが少なく、値もたいへん張る貴重品になってしまったので、時々展覧会を頼まれる。

これも趣味のうちながら、仕事が忙しいと出来ない。展示の場所も、旧家を借り切るとか、六本木の裏にあった庭のひろい、暮しの手帖社の別館、古びた不思議な洋館など好みに合ったところでしかしない。

入場料などなし。「触ってください」とわざわざ書く。古い手仕事は、触らなければよさがわからない。工芸館やデパートなどで、れいれいしくガラスのケースに入れて、「触らないでください」というのには、以前から違和感を憶えていた。私の展覧会に来た人たちはみな嬉しそうに布に触れていた。壁だけでなく庭にも、ベンチにも布をかけるといっそう映えた。

暮しの手帖社から私の蒐集した筒描きの本も出した。実に素朴で美しい写真集である。創業者の大橋鎮子さん自らの編集だ。日本の美を少しでも残すお手伝いが出来たら趣味としては最高である。

趣味で、お金をもうけてはいけない

趣味で、金もうけはいけない。趣味はあくまで趣味でお金をつかってするもの。仕事はお金を得て当然のものである。プロとアマの違いを自分の中ではっきりさせておきたい。それでこそホビーなのだ。

趣味でお金もうけをする人たちもいる。有名人の中には、その人の名でつくったものや書いたものが売れているのに、誤解している人がいる。高い値がついているのを見ると、プロの人に申しわけない気がする。ほんとうにいい作品で売れるならいいのだが、他の仕事で有名になった片手間はいけない。真剣にとり組んで仕事にする、ぐらいの心がまえがあるならいいが、名に甘えて売るのは、趣味の風上にもおけない。

趣味と仕事、アマとプロは厳然と違うのだ。そのことを肝に銘じておきたい。

手間いらずの料理
——この料理にはこの材料、と思い込まず、創意工夫を

仕事を持っていると、どうしても料理は手早くと考える。料理好きならともかく、私のような手先の不器用な人間は、簡単でおいしく、しかも栄養のあるものを選ぶことになる。

そのためには、まず素材に凝ることだ。早かろうまずかろうではしようがないから、新鮮な野菜や卵は現地直送で、長もちする素材は、各地からおいしいものを取り寄せて冷凍なり、保存するなりしておく。

次に、段取りをよくするために、材料・器・調味料は何と何が必要か、料理の全体像を考えて道具をそろえてからかかる。

ちょっと手があいたら、いらないものは洗うというふうに、要領よく事を運ぶ。もう一つは、常に応用編を考えておくこと。一つがなければ違うもので間に合わす。この前はねぎだったが、にらにしてみる。出来れば冷蔵庫を開けて、その時あるものでつくるもののイメージがわくようになりたい。

野菜がなければ、らっきょうでもいい

例えば、豆腐と青野菜があったら、チャンプルーをつくってみる。チャンプルーは沖縄の家庭料理で、簡単ないためものだ。豆腐の水けをきり、ラードで塩味をつけていため、あり合わせの野菜、出来ればにおいの強いものを切って入れ、最後に削りぶしをかけて出来上がり。

にがうりや、高菜などでつくるのだが、にらでもねぎでもいいし、野菜がない時には、塩らっきょうでもいい。それもない時は、瓶に残った甘酢のらっきょうでも結構いける。細く刻んで、ちぎった豆腐とともにいためる。

この料理にはこの材料、と思い込まずにつくるところに創意工夫がある。

手間いらずの料理とは、手抜き料理のことではなく、いかに短い間に自分の持てるものを集中して、何かを創り出すかということである。

第五章

孤独と友人

いい人と歩けば祭り、
悪い人と歩けば修業

定年後は義理を欠いてもかまわない

——人生の中で一番自分らしく生きられる時

年をとるということは、「減る」ということである。まず、人生の持ち時間が減る。体力が減る。そして、お金が減る。生きていくのに必要なものがどんどん減ってくるわけで、当然、それに応じて生活を変えなくてはいけない。

おつきあいにしても、今まで通りというわけにはいかない。自分がほんとうに心から話せる人、信頼出来る人は大事にして、不愉快な人や連なっているだけの人とはもう交際しない。世間のしがらみ、親類縁者とのめんどうなつきあいは、無理してまで続けない。時間も体力も、そして現役時代のようにお金もないので、義理を欠いてもかまわないと思う。

私の場合、結婚式にはほとんど出席しない。おめでたい時はみんなが寄ってくるし、基本的に本人たちはうれしいのだから別に私が行かなくてもいいだろう。仕事柄、出版記念パーティーの誘いも多いが、はじめて本を出したとか、苦労して書いたのだろうなと思う場合などは出席して、あとは断る。

冠婚葬祭のうち、私が一番大事にしているのは、葬の部分である。友だちのご主人やご両親などが亡くなった時は出来る限り足を運ぶ。どんなに慰めになるかわからないからだ。私も経験があるが、遺された人の気持ちを考えると、一人でも沢山行ってあげる方がいい。

何を削って、何を選びとるか。それは人それぞれである。生きている人しか自分の得にならないから結婚式には出るけれど、葬式なんかどうでもいい、という考え方もあっていいと思う。その人の生き方、価値観によって決める問題なのだから。

お中元やお歳暮はしない

私は、お中元やお歳暮は、あんまり意味がないと思うから、そういうものにはお金を使わない。そのかわり、ほんとうに親しい人にはお誕生日に必ず花を贈ったり、海外へ行ったら日本にはないお土産を買ってきたりする。その方がずっと喜んでもらえる。

お中元やお歳暮をいただくことはある。必ずお礼状を書くが、お返しはしたことがない。二、三回、お返しをしないと、ああ、そういう人なんだと思われるのだろう。それでやめる人もいるし、贈り続けてくださる人もいる。それでいいのではないか。

お返しをしなくちゃいけないとか、しなかったらどう思われるだろうとか、いちいち考えていたら、くたびれてしまう。そんなことで思い悩むなんてつまらない。私は、人にどう思われようと、わりと平気である。人間は、他人とは考え方も感じ方も異なる「個」なのだから。

人は本来、孤独であって、一人になることを恐れてはいけないと思う。誰にでも、自分が何を欲していて、どう生きたいのかという心の声があるはずだ。一人でいないと、その声は聞こえない。淋しいからと、人といつも一緒にいたり、他人の声ばかり気にしたりしていると、自分という個をなくしてしまう。

私は一人でいても楽しいし、人の中でも迷惑をかけない範囲で、自分の好きなように生きたい。不思議なもので、自分流の生き方を示すと、まわりはあの人はそういう人なんだと思ってくれる。その方がよっぽど生きやすい。自然と、個を認め合える人たちが寄ってくるから、つきあいも気楽なのである。

誰でも、多かれ少なかれ、人によく思われたいという気持ちはあるものだ。それは一種の媚びではないか。義理を欠くということは、余分な心を断ち切ることでもあると思う。

シンプルな暮らしの中から心の贅沢が得られる

私は、シンプルライフが好きである。すべて節約して簡素に暮らすということではない。何もかもケチケチするのは悲しいし、やはりおしゃれも趣味も楽しみたい。私にとってのシンプルとは、自分にとって無駄なものを出来るだけ削ぎ落とし、有益なものにはお金をケチらないということである。

うちのテレビは、長い間古かった。友だちが来ると、「何、これ？　みっともない」

と言われる。故障していたり、ビデオ画面にしておかないと映らないし、リモコンも使えない時代があった。いちいちテレビに近寄ってチャンネルを変える。私もつれあいも、そういうことは全く気にならない。人の家のテレビを見ると、「リモコンがあると便利ねえ」って言いながら、「映るんだから、ま、いいや」と買い替えなかった。

要するに、そういう価値観なのだ。不便だからといって、捨ててしまうのは忍びない。ものには命があって、その命を使いきらないと可哀相な気がする。シンプルな暮らしというのは、ものを大切にすることでもある。そうすると、新しくものを買わなくてもいい。

それでいて、趣味のオペラを観るためには数万円も使う。テレビは映りさえすればいいのだけれど、オペラは一番いい席で楽しみたいのである。シンプルと贅沢は相反するようだが、シンプルな暮らしの中からこそ、そういう心の贅沢が得られるのだ。

年をとれば、なおさら「シンプル・イズ・ザ・ベスト」だと思う。着るものだって、無地とストライプやチェックなどがさらっと清潔感がある。中身が衰えていくから、花柄とかごちゃごちゃ色が混ったものは、逆に加齢が目立ってしまう。やはり、すっきりしたシンプルなものが美しい。インテリアだってそうだし、生き方だってそうだ。つきあいなんて最たるものである。

つきあいは、ほんとうに好きな人とだけ

私は、ほんとうに親しい友だちは五人位しかいない。つきあい方も、シンプルなのが好きである。困った時や病気の時は助け合い、それ以外は、出来るだけさりげない方がいい。そして、たまに会ったら、お酒でも飲みながら言いたい放題言い合って、楽しく過ごす。

もう人生の持ち時間は少ないのだから、気分よく暮らさないともったいない。仕事をしていたら仕事がらみのやむを得ないおつきあいもしなくてはいけないが、定年後は、ほんとうに好きな人とだけつきあえるではないか。

人間は「個」だと言ったが、年をとることは個性的になることだと思う。お金も減ってくるからこそ、ほんとうに自分が大事にしたいものを大事にするしかない。つまり人生の中で一番自分らしく生きられるということなのだ。

まるごと自分だから

——自信を失っている自分を愛おしむ

ふと自信をなくす——それは私の場合、周期的にやってきた。

短い単位でいえば、何週間か、何ヶ月かに一度、ふと自分を振りかえる時間が訪れた時、みぞおちのあたりから、思いがけず湧いてくる。なんとか忘れるようにごまかしていたのに、それはいつも存在していて、時折顔を出す。

私はそのたびに、不安になりながらも、ほんとうの自分に出会えたような気がした。

なぜなら、自信満々だったり、調子よく人と応対している自分の方が実は仮面であり、内なる声を聴く余裕すら持てない状態なのだということを知っているからだ。

ふと自信をなくす時、それは人が内省的になり、自分の声を聴こうとする瞬間なのだ。だから恐れることはない。自信を失っている自分を愛おしんで、出来るかぎりつきあってやることが大切だ。決していらいらしたり慌てたりせずに、よく見つめてやりたいと思う。

落ち込みそうになったり、危険を感じたら、しばし、そんな自分を置きざりにして、散歩に出る。心を空《から》にして、あたりの風物をながめて歩く。尾長の空気を裂くような叫びに足を止め、枝につきはじめた梅の花を数える。ビルとビルの間からのぞく空がもやって、春の訪れを告げている。あちこちで、いろいろなものが芽生えている。

路地の草の芽や並木の芽吹き、古代から現代まで、枯れては芽吹く、そんな生命の営みを見ると、なんだか嬉しくなる。私の心の中にも、何かが生まれてくるような気がする。

もっとおっくうな時は、気に入りの揺り椅子《いす》に腰かけ、暮れなずむ空を見つめる。好きな音楽をかけ、出来るだけ心を平穏に保ちながら。やがて、あちこちに灯がつきはじめる。あそこにも、ここにも生きている人がいて、自信に満ち満ちて仕事をしていたり、一人落ち込んで鏡をながめている……と想像すると、愛おしさが湧いてくる。

私もその一人なのだと思うと、今の自分を抱きしめてやりたくなる。そこから何かの緒《いとぐち》がつかめそうな気がしてくる。

最近でこそ、私も自信をなくしたからといって、慌てたり、じたばたすることもなくなったが、若い頃は、そうではなかった。

ちょっとしたきっかけで、穴の中に落ち込むと、いつまでも這い上がれずにいた。そしてますます事態を悪い方へ悪い方へと追い込んでいった。

週や月単位ならば、仕事や友人に会うなどしてごまかすことも出来たが、何年か単位でやってくるものには、とてもたちうち出来ずに、うちひしがれてしまう。

まず、大学時代が、私にとっては最悪だった。自分はきっと何かが出来るに違いない、自分にも才能はあるはずだと、重くて両手でも持ちきれないほどの自我をもてあましながら、その出口が見つからない。

ただ自分の中に深く深く降りていくことしか出来ず、楽しそうに、キャンパス・ライフを楽しむ友人を指をくわえてながめていた。勉強も、学生運動も、クラブ活動も、人づきあいも、何にものめり込むことが出来ず、ウツの状態で、自分は病気に違いないと思い込んだ。

開き直って、一番苦手なことを克服出来た

やがて四年間が過ぎ、卒業を目前にして、どうしても就職せねばならぬ状態に追い込まれて、行動を開始した。受けるなら開き直ってせいいっぱいぶつかってみよう。ぬきさしならないところに自分を追い込み、就職難の中でやっと募集が来たアナウンサーという仕事を受けてみた。

開き直ったのがよかったのか、喋《しゃべ》るのが苦手な私がＮＨＫに入ることが出来て、そこから私は変わった。一番苦手だと思っていたことも、やれば出来るのだ。ぎりぎりのところに立って、選択をせまられ、迷いを捨ててぶつかれば道は開けてくる。それは大きな自信につながった。私よりも日頃明るく見え、喋るのが上手な人よりも、私が選ばれたことが嬉しかった。

たぶん、私より恵まれて見えた人たちは、私のように自分を追い込み、ぎりぎりのところに立っていなかったのだろう。だから開き直れなかったのだ。

私は自信のない、出口のない自分と四年間つきあうことで、その辛さが身にしみ、そんな自分に飽き飽きし、なんとかしなければ生きてはいけない、土壇場に追い込まれていたのだ。

入局してからは、がむしゃらに仕事をした。テレビの創世時で、なんでもやらねばならず文句を言うひまもなく、めまぐるしい忙しさの中で、自信があるのないのと考える余裕など全くなかった。

その時、私は、学生時代の自信喪失は、一種の甘えであったことに気付いた。そんなことを言っている余裕がまだあったということなのだ。だがその時、いいかげんにごまかさずに、ウツの自分とつきあってやったのがよかった。飽き飽きしながらも自分を嫌いにならずに、愛おしんでやったのがよかった。

自分を諦めてしまっては可哀相だ。自分で自分を見捨てることなのだから。

九年間、放送の仕事をして、NHKをやめた。いつか活字の仕事をしたいという、もともとの希望が知らぬ間に育ってきたからだ。

けれどもそれで生活していくことは難しい。放送の仕事を続けながら、少しずつそちらに向いていけばと思ったが、放送局をやめてからはよくないことの連続だった。

自分へのかすかな期待が自分を救った

フリーになって二年目にして、仕事はうまくゆかず、プライベートでも、十年間大切にしていた恋を失う破目になった。

私はすっかり自信をなくし、再び自分の穴に落ち込んでしまいそうな自分を感じていた。眠れぬ夜に、もう駄目だと何度思ったことだろう。そんな時、ふと、まだかすかに期待している自分に気付いた。それは自分への期待であり、それがあれば、なんとか生きられると思った。

私は今までの自分と訣別するために、半年間エジプトに住む決心をした。その間に仕事はなくなるかもしれず、友だちも遠のくかもしれないが、ともかく翔んでみる必要を感じていた。

再び土壇場に追いつめられ、私は決断するより道がなかった。

全く価値観の違うエジプトでの暮らし、それが私にとってどんなに救いだったろう。

私の忘れていた素朴な人と人との触れあい、私が失ってしまっていた時間や空間、そうしたものがエジプトにはあった。

たまたまつれあいが特派員をしていたカイロのアパートメントに住み、つきあう人といったら、支局の運転手のモハムッドと、メイドのナジーラ。この二人は、私の中にそれまでの放送界での暮らしで巣くっていた人間不信をとりはらってくれた。

言葉は通じない。けれど笑顔や、手ぶり身ぶりで意思の通じた時の嬉しさ。モハムッドは敬虔なイスラム教徒である。富はあるところからないところに流れる。自分より貧しい人には喜捨をする優しさを教えてくれた。ナジーラとは女同士の悩みも語った。年はずっと若いのだが、私の面倒をよく見てくれるお母さんのような存在だった。この二人によってどんなに救われたことか。

夕方になると私は車で三十分ほどのギザのピラミッドに出かけた。三角形の影が砂漠に落ちる頃、広大なその砂原に向かって、のり出して行く人がいる。ろばの背に荷をくくりつけた老人は、果てしないサハラに向かっていく。オアシスはところどころにあるが、いつ着くかもわからない。無限の時へ向かってのり出していく。不安ではないのだろうか。私なら約束事と、着く時間をあらかじめ設定しなければとても動けない。老人にとっては目的地に着いた時が着いた時なのだ。何時何分いつまでというのではない。今から向こうへ向かっていく時の流れの中に彼はいる。ほんとうの時間を知っているのだ。約束事を前もってつくり、そこから逆算して今を生きている私とは違う。私の今まで持ってきた、切り刻まれた細かな時間など、ほんとうの時間ではない。

老人は永遠の時間を知り、その中の自分の位置も心得ている。私などあくせくと日々を追うことに疲れ、自分をがんじがらめにしている。

老人の姿にほんとうの時間を見た私は、それからあせらなくなった。日本へ帰ってからも、ノンフィクションなどの、調べるという長い時間の単位にも耐えられるようになり、人目を気にせず、マイペースをとりもどした。少しずつ道は開けはじめた。

今では自信を失いそうになる自分とも上手につきあえるようになった。それが自分本来の姿であり、自信のある時もない時も、まるごと自分自身に違いないのだから。

座右の銘
――いい人と歩けば祭り、悪い人と歩けば修業

歩くという行為は、言葉を生むのだろうか。その言葉は、歩き続けるための自分への暗示であり、呪文でもある。

右足と左足を交互に出す単調な動作の繰り返しで、山を越え谷を渡り、自らの足で歩いて旅をした盲目の芸能者、瞽女《ごぜ》。まんじゅう笠《がさ》に手甲脚絆《てっこうきゃはん》、背に大きな荷、右手には杖、左手は前を行く女《ひと》の肩にかかっている。先頭を行く少し目の見える手引きのあとに、親方、姉弟子、そして妹弟子。小林ハルさんはこうして旅をした。拙著『鋼《はがね》の女《ひと》 最後の瞽女《ごぜ》・小林ハル』のヒロインであり、無形文化財瞽女唄継承者に選ばれて、百三歳で亡くなった。

百四十センチ足らず、小柄で白髪を耳の後ろで切りそろえ、端然と座る姿に、思わず正座してしまう。ハルさんの来た道は厳しく、地の底を這うような苦渋に満ちていた。数々の掟《おきて》にしばられ、親方の暴力、姉弟子のいじめの中で、心は孤独だが、それでも組んで旅をせねばならない。愚痴を言わず、決して他人のせいにせず、我が身にすべて引き受けると決めた。木の洞《ほら》や無人の神社に置きざりにされても文句を言わず、女として大切な場所を傷つけられても、木の根でころんだとしか言わない。自分を律し、瞽女として頭を上げて生きるためには、自分への呪文が必要になる。

「いい人と歩けば祭り、悪い人と歩けば修業」

心に言いきかせつつ旅をした。歩きながら自分と対話して生まれた哲学である。なにげなく吐くハルさんの言葉は、鋭い。

険しくても山道は好きだ。

秋は木の実がなって、アケビや山ぶどうをとって歩く。手引きの娘が、「ここになってるよ」と触らせてくれる。これが祭り。いい人と歩く時は祭りのように楽しい。

風が唸《うな》る。谷底から這い上がってくる冷気が頰をうつ。飯豊《いいで》連峰が正面に立ちはだかる樽口峠、名づけて化けもの峠。疲れた足を引きずり次の宿へ。親方に食事をとりあげられても我慢し、夜這いの男から身を守るため囲《まわ》りに針をさす。これも修業。「悪い人と歩けば修業」と自らをはげまし、きたえる。

苦難を「修業」と引き受け、自らの力に変える

耐えるというと古めかしいが、耐えるとは他のせいにせず、我が身に引き受けて、蓄えること。それがエネルギーとなり大きな爆発力を生み、ハルさんの人と芸に磨きをかけた。「吸入・圧縮・爆発・排気」とはエンジンの始動するメカニズムだが、圧縮力が少なければ爆発力も小さい。黙って内に蓄積するための修業である。

「いい人と歩けば祭り、悪い人と歩けば修業」

たやすく自己実現などと甘える己への警告であり、孤独な心への闇の中の一筋の光明である。

この言葉を見た、ある作家から手紙が来た。

「いい言葉ですネ。今日の僕は、祭りが一回、修業が三回ありました」

私の好きな句
——己との闘いの末に得た心の自由

焚《た》くほどは風が持てくる落葉哉《かな》

良寛

良寛には、和歌も漢詩も数多いが、私は俳句が好きだ。この句は、良寛が越後の国上山の五合庵に一人暮らしている時、当時の長岡藩主牧野忠精《ただきよ》から藩内の新しい寺に迎えたいと乞われてつくったともいわれている。焚くだけは風が落ち葉を運んでくれる今の暮らしで十分です、と婉曲に断ったのだろう。足るを知る、ほどほどにの境地が込められている。

ものを捨て、名にこだわらなかった良寛の精神

寝起きするだけの一間きりの庵に、墨染めの衣と托鉢《たくはつ》用の鉢だけが持てるもの。ものを捨て名にこだわらず、だからこそ心はこの上なく自由だった。良寛の書には、本物の自由を知る人の滑脱さとすごさがある。

子供の頃、上越生まれの母から良寛の話をよく聞かされた。父親に叱られ親をにらむとかれいいになると言われて、海辺の岩陰に潜んでいたという話、子供たちとかくれんぼをして鬼になり、「もういいかい」と、子供が家にもどっても、まだ続けていたという話などから、童心を失わぬ柔和な「良寛さん」の顔を思い浮かべていた。

ところが、肖像画に接するようになって、全く違った印象を持った。どの顔も長く大きくあごが張って、目は細く切れ、特にその鼻は日本人としては高く骨張っている。かぎ鼻に描かれたものもあった。「異形の人」というのが私の良寛像で、出雲崎の名主の家に生まれながら幼時の奇行の数々と、その後の出奔、そして僧形になり五合庵に庵を結ぶまでの謎を解く鍵がある気がする。こんなことを言うと多くの良寛研究家

や良寛ファンに叱られるかもしれないが。

良寛サミットに招かれて出かけた時も、その話をした。それぞれの土地の方々が、私の話を許容してくださったのは、良寛を知る人の心のひろさだったろうか。いつか、私なりの良寛像を文にまとめることが出来ればと思う。

終わって良寛終焉《しゅうえん》の地や生誕の地などを訪れた。どこも立派な記念館がつくられていて、その名のついた土産物が数多く売られていた。この様子を見たら、良寛その人はなんと言うだろう。

孤独と厳しさに耐え、己との闘いの末に得た心の自由と豊かさ。とても真似は出来ないが、せめて気持ちだけでもそうありたいと願う。

焚くほどは風が持てくる落葉哉
ものや金や名誉やわずらわしいものから離れて、簡素に自由でいたい。逆の世に生き、欲が捨てられないからこそ、そう思うのだ。

孤高

——批判精神を失った時、人は老いる

白鳥《しらとり》は哀しからずや空の青
海のあをにも染まずただよふ

若山牧水

この牧水の短歌に旋律がついて、歌になっている。もうひとつ。

幾山河越えさり行かば
寂しさの終《は》てなむ国ぞ今日も旅ゆく

旅に生き、全国を歩いた牧水の短歌は、歌われるまでに人々に愛されている。

白玉の歯にしみとほる秋の夜の
酒はしづかに飲むべかりけれ

酒を愛した歌も有名である。意地汚いほど、夜の盗み酒をする歌など、牧水の歌は酒の歌が優れている。

中でも、「白鳥は……」の歌は、孤高の美しさが感じられて好きだ。空の青さや海の青さに染まらずに、純白に漂っている鳥。その鳥が文字通り白鳥なのか、白い鳥なのかはわからない。白鳥だとすると、凍てつく冬に北の国からやってくる使者の首長く、ひっそりと佇む姿はぴったりである。

新潟の知人の家の七千坪もあるという池には、毎年、白鳥が舞い降りる。かつての豪農の家で、新発田《しばた》藩のお殿様のものだったというその池には、鴨など渡り鳥がびっしりだが、白鳥の何ものにも染まらない凛とした姿は、やはり美しい。

実際には白鳥も餌をもらう時など群れてはいるが、あの姿は一羽一羽が際立っている。

白鳥点になって闇に融ける

という句をかつてつくったことがあったが、闇が増す中で、最後まで白い点は混らずに残って、最後の瞬間、闇に吸収される。そして夜、白鳥は啼《な》く。「こうこう」という声は、闇の中に響いて悲しげだ。孤高の鳥は、何を訴えているのだろうか。

現代には孤高の人が少ない

こんなことを書きたくなったのは、孤高の人が少なくなったからである。かつては政治の世界でも、文学の世界でも孤高の人が存在した。

尾崎咢堂《がくどう》しかり、戦後では石橋湛山《たんざん》しかり、政治家でもあったが、二人とも思索家でもあった。それぞれの言動や著述が残っているし、病で首相の座を降りた石橋湛山には全集すら編まれている。

それにひきかえ、政治の世界は闇だ。その中で加藤紘一氏が決起した事があった。ひょっとして変革が訪れるのではと、みな期待した。ある人は「これは革命だ」と言い、私も加藤氏は確信犯だと信じた。「加藤の乱」と呼ばれたその時点で、政治に無関心といわれた若者たちも夜遅くまでテレビを見た。タクシーに乗ると、決まって運転手氏がその話題を話しかけた。

それなのに、腰くだけの結末で、革命は一幕目も開けずに頓挫した。人々の落胆は大きい。学生の一人は「こんな国を出て外国に行く」と言い、又他の女子学生は「この成行は、まるでヤクザ映画だ」と呟いた。

確かに役者はそろっている。おどし、泣き、派閥の結束など、そっくりである。当時の自民党のボス、野中幹事長はもちろん、加藤氏と山崎氏が同志をなだめる言葉も時代がかっていたし、二人だけで議場に向かおうとした加藤、山崎両氏を力ずくでおしとどめるところなども、二人の志は十二分にわかるだけに、もう一つ納得がいかない。

派閥の長として親分が子分の面倒を見るものなのかもしれないが、みな独立した大人だ。ついて行くも行かぬも個の意志と行動であるべきなのに、どうも群れだけが目立つ。

こんな時、決然と立つ孤高の士はいないのか。加藤氏にその夢を託しただけに、いたたまれぬ気がする。そして一見何事もなかったかのように、暗愚な政治が続いていく。

孤独に耐え、自分で生き方を決める

しかも今の時代、情報はテレビ、インターネットで即時に外国へも知れ渡る。音たてて崩れていくこの国の姿が見える。残るのは空しさだけだ。

けれどこんなことは言っていられない。私たち一人一人がものを言わねば、怒りをぶつけなければ。誰かやってくれるだろうとは言っていられない。

一人一人が個になり、自分で考え、行動を起こす。孤高の精神を身につけなければならない。怒りを忘れ、批判精神を失った時、人は老いる。心の中にその火をいつまでも燃やしていたい。孤独に耐え、自分で自分の生き方を決める時、世界は開けてくる。

今年は白鳥の姿がいっそうまぶしく見える。空の青、海の青にも染まずに漂う美しさが心にしみる。

孤独

――孤独を楽しむことが、孤独を癒やす

分け入つても分け入つても青い山
ほっくり抜けた歯を投げる夕闇
うまれた家はあとかたもないほうたる

山頭火

新緑から初夏へ、青葉が茂り、日に日に青さを増していく。その山を分け入り、山を越え、山に入る。無限に続く旅……。山はいよいよ青くなるばかり。山頭火自身も気に入って、よく短冊にしたためた句である。

自由律の俳人・山頭火は、明治十五年、防府の地主の息子として生まれたが、十一歳の時、父の女ぐせの悪さが原因か、母は自宅の古井戸に投身自殺をする。

酒と放浪で自分を追い込んだ山頭火

山頭火の放浪は、母の死にはじまるといわれる。一人旅を続ける山頭火の目に五月の山はあくまでも青い。

都会にいてはわからないが、山に囲まれた中に身を置いてみると、そのことがよくわかる。緑の萌え出した軽井沢の山荘へ出かけてみると、日に日に緑は変化し、郭公《かっこう》が鳴き、五月の終わりになると春蟬《はるぜみ》が鳴きはじめる。別名松蟬という名をもつ小さな蟬は落葉松や赤松の幹高くしがみついて、姿が見えない。ただ一面の声に包まれるだけ。虫なのか、鳥なのかわからぬ、シャーと途切れることのないかすかな音。

　わけ入ってもわけ入っても春の蟬

山頭火の句をもじるとこうなる。旅する身には自然の一つ一つが鮮明に刻まれていく。

山頭火の本名は、種田正一。父は女に、山頭火は酒に浸る毎日で、伝統のある家をたたんで隣村に移り、造り酒屋をはじめる。結婚後も山頭火は、酒びたりで家を外にして、ついに種田酒造は倒れる。それからはほんとうの放浪である。途中、生家の跡に立ち寄ってみれば、あとかたもなく、ほたるが飛んだ。なんと淋しい風景だろう。ほたるは亡き母かもしれない。

そしてほっくり抜けた歯を夕闇に投げる孤独。その孤独に耐えきれず、酒にまぎらわす。

私はかつて種田酒造のあった家を訪れたことがあった。大林酒造（現在は金光酒造）という名になって「山頭火」という銘柄の酒を売っていた。

山頭火は金がなくなると、俳句を書いて、一夜の宿を乞い、酒を飲ませてもらった。したがって種田酒造のあったまわりでは、山頭火の噂は決してよいものではなかった。酒を飲み、家を潰し、妻子をかえりみず、いくら文学的才能があるといっても、人の世には受け入れられない。

それがわかっていながら、山頭火はますます自分を追い込んでいく。

うしろすがたのしぐれてゆくか

この句は、そうした自分を自虐的に見ている。

しかし山頭火の句には、甘さがある。孤独もデカダンも、どこかでそれに甘えている自分がいる。育ちのせいなのか、その甘さが、読むものの心をとらえるのかもしれない。

故郷ではえてして、みな評判が悪いものだ。作家、詩人、俳人しかり。常識的な生活を外れ自分の道を追いもとめるために、まわりの人々は迷惑をこうむる。

先日、弘前を訪れた際、太宰治の生まれた金木町では、太宰の評判がよくなかった。文学作品ではなく、身近な人間として知っているからこそ、そう思うのだろう。

山頭火を普通の人としてみれば、厄介者かもしれない。しかし、彼の才能を愛する人にとっては、その人生もかけがえがない。孤独の中で一人放浪を続ける中で生まれた俳句の数々を、私も愛する一人である。

ほろほろ酔うて木の葉ふる

孤独を救ってくれるものは酒しかなかったのだろうか。ほろほろ酔っていても、木の葉のふるのを見ている。

年を重ねてからの淋しさとのつきあい方

孤独と顔つきあわせることは辛い。山頭火も酒と旅とで孤独をまぎらわした。旅先で待っていてくれる俳友もなぐさめである。晩年は、四国の俳友の許に庵を編んで過ごすことになる。

年を重ねてからの孤独は辛い。その孤独をいやすものは何か。私は孤独を楽しむことだと思う。

ひとり風の音を聴く。雲の流れを見る。町を歩いてみる。

私の母は一人暮らしだったが、淋しくなると近くの自由ヶ丘の好きな喫茶店で街ゆく人を眺めるのだといった。そして自分のためにバラ色の布を買ってやる。それでもやり切れない時には、たった一人の友だちに電話をかける。孤独とのつきあい方を今から考えておきたい。

町民になる
——五十歳を過ぎて女優をはじめた友人

「わたし町民になったのよ。遊びにいらっしゃいよ」

電話の向こうの声がはずんでいる。放送局時代の同期生が手料理をつくるというので、早速出かけた。台風が夜来るかもしれないという予報で、昼ごはんを食べに南軽井沢の彼女の家に着く。もう三十年近く前から、そこに山荘を持ち、最近は冬も行くことが多いと聞いたが、「町民になった」というのは、初耳である。住所を東京から移し、娘と軽井沢暮らし、夫は東京のマンションから土日に通ってくる。二重窓、床暖房、冬期の軽井沢にそなえた家は、一階がグリーン、二階がブルー、三階がピンクとテーマカラーが決まっていてなかなか楽しい。

私も旧軽井沢の愛宕に山小屋を持っていて、夏の間は、そこで仕事をしていることが多いのだが、なかなか会うことがなかった。

彼女の手料理は、長くパリにいただけあって、栗と鶏とパイナップルを使ったメイン料理をはじめスパゲッティ、サラダ、みな美味だった。四十年近く前、大学を出て仕事をはじめた頃の仲間であり、五十歳を過ぎてから女優をはじめたその人の元気な姿に、刺激された。

ひょっとしたら、あの元気の素は、軽井沢の空気のせいかもしれない。私も本気で住人になることを考えようと思った。

友だちの輪がひろがる軽井沢という土地

彼女の家と同じ区域に、かつて私の小さな土地があって、そこを知人の若夫婦に売った。妻は染織作家で、軽井沢の家で仕事をし、夫は新幹線で東京駅前の会社に通う。朝七時過ぎの自由席は、通勤の人で高崎を過ぎると満員になるという。東京から来た「町民」が増えているわけだ。庭で芒《すすき》を使って糸を染めている時、散歩中の私の同期生が偶然声をかけて、友だちの輪がひろがった。

夏の間、行きつけの自然食品店で、「下重さんじゃない？」と声をかけられたのが、昔、新宿でよく行っていたバーの主人で驚いた。

「こんなところでどうしたの？」

「今、追分に住んでいるんだよ。小諸で喫茶店を開いたから来てよ」

センスのいいおいしい店で、かつて新宿でたむろしていた作家や映画監督の本が並んでいる。すっかり常連になった。

軽井沢駅前のとんかつ屋に入ってつれあいと二人で食事をしていたら、運んできた奥さんが「大野さんですか」とつれあいに聞く。

「やっぱりそうだ」

調理場から手をふきながら長い白髪を束ねた男が出てきて「お久しぶりです」と言う。なんとつれあいが大学時代、いりびたっていたバーのバーテンだったという。二人とも四十年ぶりの再会だった。今は、軽井沢に住んで「町民」になっている。

こういう人たちが増えはじめた。我が山小屋は、夏向きに建てられているので、住むためには、冬の家を建増ししなければならない。「町民」になる人には、別荘には厳しい建ぺい率もゆるやかになる特典があるとか。東京と違って軽井沢での交流は、気どりがなく心が開ける。よし私も本気で考えよう。

そう思って夜帰路につくと、目の前を黄金色に輝く毛並みのてんが車のライトに照らされて横切った。

軽井沢には多くの鳥や獣がいる。狐、狸、猿、熊、散歩中、かもしかにも会った。彼らこそ人間より以前からの町民なのである。

竹の秋

——竹林に囲まれて暮らす友人夫婦

萌え出る季節、枯れていくものがある。竹である。春先から黄色くなりはじめ、夏から秋にかけて青々とする。「竹の秋」は春の季語で、「竹の春」は秋の季語である。枯れていく竹は、子を産む。筍《たけのこ》である。毎年、朝掘り筍を食べに友人の家に泊まる。長岡京の竹林に囲まれた定年後の終《つい》の棲み家で、竹林の賢人を気取ったのかもしれない。東と南が竹林に面していて、よく手入れされた地からわずかにのぞいた筍を掘り起こして、おじさんが分けてくれる。新聞紙にくるみ、お金は手渡し、すべて掛越しである。刺身にはじまり、筍御飯まで、自家製の料理のうまさは、いわくいいがたい。筍がこんなに甘みのあるものとは知らなかった。

病が高じて、友人は、歩いて十五分位のところに竹林を借りてしまった。土地の有志と共同で馴れぬ鋤をふるい、手入れをして春を待つ。

京都の植物といえば、私は竹を挙げたい。長岡京、嵯峨野など、すっくと伸びた竹林の美しさは、他に例を見ない。手入れが行き届いているからである。

近年、住宅地がひろがり、人手のない竹林は切り倒され、どんどん減っている。少しでも竹林を保護しようとボランティアで友人たちも働いている。

崖の上にある竹林で、男女十人位が集って収穫中であった。のぞいてみると、とれたての筍を焼いて香ばしい匂いが漂っている。プロのつくった塀越しの筍よりは、少し堅目だが、新鮮さはこの上ない。

荒れた竹林の整備は、急務だが、思うに任せない。夜、友人の散歩コースである竹林の中の道を歩いたことがあった。池のある竹林を過ぎると、次の竹林が待ちうけ、はるかに民家の灯が見えた。凸凹が激しいこともよくわかった。そうやって、年ごとに筍をとる場所を変えていくのだ。

光明寺の幻想的な「竹あそび」

竹の一番青々と美しい秋、「竹あそび」が光明寺で行われる。昨年の十月、たった一夜だけの宴に出かけた。竹の短い筒に入った灯だけを頼りに、足許を探りながら境内から、まわりにひろがる竹林に踏み入る。灯は道沿いに誘い、竹林の中に無数にひろがっていく。そのひろがりといったら、地上の星空と呼びたいほどだ。分け入れば分け入った先に、また星空がひろがる。灯のゆらめきから、地上の螢といってもいい。闇の中の幻想的な光景に息をのむ。沢山の見物客も、心なしか無口である。道の角々には、作務衣《さむえ》の坊さんが案内に立つ。

竹あそびの行われる竹林は、年ごとに違うのだという。筍をとらない竹林を借りて、竹を切り、歩く場所をとり、短い竹筒を無数につくり、灯をともす。みなボランティアの仕事だ。荒れた竹林を整備するためにも、役立つ。

入口で一人百円だけ、整備費としてもらう。昼は和太鼓、夜は、笙《しょう》、ひちりきなど、催物も行われる。

竹の根につまずきながら辿る優雅な「竹あそび」は、歴史は浅くとも、竹の美しい京都ならではの行事になりつつある。

目の奥に、今もちかぢかと地上の星がまたたく。

竹林に囲まれて暮らすせいか、友人夫婦は元気であった。私も、その家に泊り、竹のそよぎをながめ、匂いを嗅ぐと清々した気分になる。竹は精気をよみがえらせてくれる。京の都が長く続いたのもひょっとしたら、竹林のおかげかもしれない。

今年も竹の秋がやってきた。

あとがき

「変わった人ですね」

句会の席で、和田誠さんに言われた。和田さんとは彼が亡くなる少し前まで句会で御一緒だった。ふだんは無口だったが、句会後のバーでは映画や音楽の話は和田さんの独壇場だった。

その中で私のことをそう言ったのだ。なぜだろうと考えてしまった。ちょうど私が日本自転車振興会（現ＪＫＡ）の会長を引き受けたあとだったからそのことを含めて、放送界に入ったくせに物書き志望で、途中、国の特殊法人の会長を引き受けるなんて、子供の頃から好きだった絵一筋で生きてきた和田さんにとっては、理解しがたかったのだろう。

確かに振り返ると、大学を出てＮＨＫに就職し、九年でやめて民放のキャスターをしたり、エッセイやノンフィクションに手を染めたり、かと思うと経済産業省という国の機関の関連団体の長になったり、まるで統一がとれていない。

しかし私は私でその都度、懸命に自分で選んで生きてきた。小学三年で敗戦になり大人たちの変節を見てしまったので、私は自分一人は一生自分で養っていくと決めたものだから、経済的に自立していなければならなかった。それに加えて好奇心旺盛なので怖いもの知らず、求められれば新しいことに挑戦してしまう。

その意味で、いつもまわり道、寄り道に足をとられそうになり、それでも物を書くのが自己表現ということだけは忘れずに来た。

この道一筋につながる人から見たら「何をやってんだか」と見えたかもしれない。だが必ずもどって来た。あとは一筋に書く。学生の頃からそれは変わっていない。

和田さんは同い年の四月生まれ。私五月生まれ。戦争を知る数少ない反骨の世代。奇しくも今日は和田さんの命日だ。私の辿ってきた道を振り返るには相応しい。

河出書房新社の太田美穂さん、ありがとうございました。

二〇二〇年十月七日　　　　下重暁子

初出一覧

私の遺言——「クロワッサン」一九九八年五月二十五日号
私の生前整理——「コモレバ」二〇一一年八月号
夕暮れ——「ほほほ」二〇〇〇年十月号
私の老い支度——「中央公論」二〇一五年八月号
思い出——「ほほほ」二〇〇〇年十一月号
紅葉は、最後の華——「クロワッサン」二〇〇二年十月十日号
（「京都紅葉狩り、私のおきまり巡路」改題）
私なりの決断が出来るか——『この生命誰のもの』プログラム　劇団四季　二〇〇七年九月
「お任せします」とは言いたくない——「げ・ん・き」一九九二年初夏号
（「お任せします」改題）
ノンフィクション——「かけはし」二〇〇三年五月号
私なりの姿勢を貫く——「ＰＨＰアーカイブス」二〇一六年三月増刊号
（「時には断ち切ることの強さを」
夢——「ＦＯＲ　ＰＩＰＥ　21」一九九二年二月　創刊号
青い蝶——「ほほほ」二〇〇〇年四月号
今、私に出来ることを——「年金時代」一九九二年七月号

定年後の家計簿――「PHPほんとうの時代」二〇〇四年十二月号
（「わたしの金銭哲学」改題）
自分を律する――「農林年金」二〇〇三年九月号
どんな仕事にも無駄はない――「刑政」二〇〇五年九月号
感覚指数を磨きたい――「青少年問題」二〇〇二年十二月号
自然との共生――「アグリポート」一九九六年　No.2
（「人間は自然の一員、自然との共生から文化が生まれる」改題）
静の旅――「かんぽの旅」一九九二年　Vol.38
庄内柿――「クレードル」二〇一三年十一月号
陸の太陽――「ゆうｉｎｇ」一九九二年九月号
ビールという陽気な友――「きりん」一九九二年六月号
（「ビールというのはなぜか陽気」改題）
十秒の楽しみ――「かけはし」二〇〇三年一月号
子育てと個育て――「日本教育」二〇一七年一月号
親は子を、子は親を知っているか――「日本教育」二〇一五年九月号
木との語らい――「ＣＲＥＡＴＥ」一九九一年　No.85
（「木が決め手」改題）
私の住宅観――「シテール」一九九二年三月号
私の贅沢――「ｉｓｔ倶楽部」一九九一年　Vol.5
身辺整理――「向上」二〇〇四年三月号

消費者という汚名――「消費者プロフィール」一九九二年二月号

趣味と仕事の間――「DKRマネジメントレポート」二〇〇二年二月号

手間いらずの料理――「私の自慢料理」一九八八年　No.3

定年後は義理を欠いてもかまわない――「PHPほんとうの時代」二〇〇五年八月号

まるごと自分だから――「PHP」一九九二年四月号

座右の銘――「文藝春秋」二〇〇三年十二月　臨時増刊号

私の好きな句――「朝日新聞」一九九八年十月五日

孤高――「ほほほ」二〇〇一年二月号

孤独――「ほほほ」二〇〇一年六月号

町民になる――「とちぎ」一九九八年十月　No.362

竹の秋――「鶴のれん」二〇〇二年　No.115

下重暁子（しもじゅう　あきこ）
一九三六年、栃木県生まれ。早稲田大学教育学部国語国文学科卒業後、NHKに入局。アナウンサーとして活躍後フリーとなり、民法キャスターを経て文筆活動に入る。公益財団法人JKA（旧・日本自転車振興会）会長等を歴任。現在、日本ペンクラブ副会長、日本旅行作家協会会長。著書に『鋼の女　最後の瞽女・小林ハル』『家族という病』『極上の孤独』『年齢は捨てなさい』『天邪鬼のすすめ』『人間の品性』『恋する人生』『自分勝手で生きなさい』等多数。

私は夕暮れ時に死ぬと決めている

二〇二〇年一一月二〇日　初版印刷
二〇二〇年一一月三〇日　初版発行

著　者　下重暁子
装　幀　鈴木成一デザイン室
発行者　小野寺優
発行所　株式会社河出書房新社
〒一五一－〇〇五一
東京都渋谷区千駄ヶ谷二－三二－二
電話　〇三－三四〇四－一二〇一（営業）
〇三－三四〇四－八六一一（編集）
http://www.kawade.co.jp/

本文組版　KAWADE DTP WORKS
印刷・製本　三松堂株式会社

Printed in Japan　ISBN978-4-309-02929-0
落丁本・乱丁本はお取り替えいたします。

河出書房新社・石川恭三の本

老いのトリセツ

「認知症が心配」「気分が晴れない」「年だから無理」……。そんなお悩み、全て解決します！ 八十四歳・現役名医が提唱する日常生活での健康の知恵。無理なくできる老い方上手の処方箋。

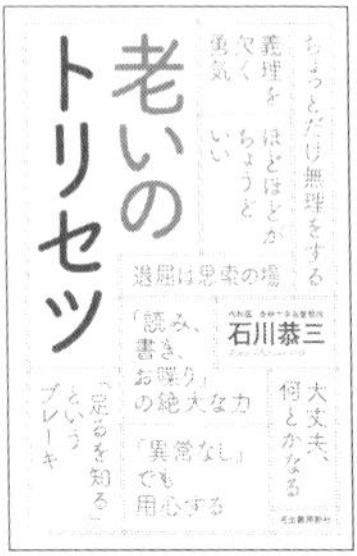

老いのたしなみ

心と体の姿勢を整え、「今」という時間を楽しみましょう！ 人生百年時代、老いへの長い道を元気に歩むには？ 医者人生五十余年、現役名医による人生の冒険期に向けた日常の心がけ。

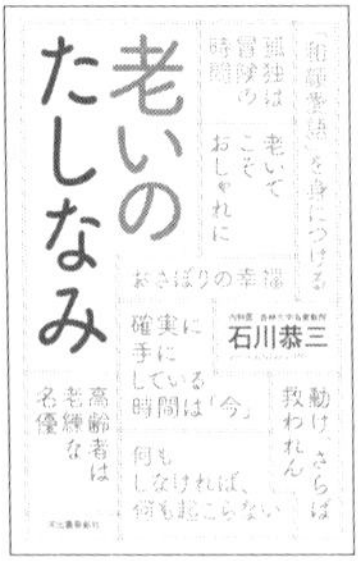